JN080739

横浜みなとみらい署暴対係

トランパー

TRAMPER

今野敏

Bin Konno

徳間書店

トランパー

横浜みなとみらい署暴対係

登場人物

諸橋夏男　神奈川県警みなとみらい署刑事組織犯罪対策課暴力犯対策係係長。警部。暴力団からは「ハマの用心棒」と呼ばれ恐れられている。
城島勇一　暴力犯対策係係長補佐。警部補。諸橋の相棒。陽気でラテン系。
浜崎吾郎　暴力犯対策係主任。巡査部長。
倉持　忠　暴力犯対策係主任。巡査部長。合気柔術の達人。
八雲立夫　暴力犯対策係係員。コンピュータに精通している。
日下部　亮　暴力犯対策係係員。

笹本康平　神奈川県警察本部警務部監察官。警視。時に諸橋の捜査方針とぶつかる。
永田優子　県警本部刑事部捜査第二課課長。警視。
牛尾　県警本部刑事部捜査第二課知能犯捜査第一係主任。
中村　県警本部刑事部捜査第二課知能犯捜査第一係係員。
平賀松太郎　県警本部組織犯罪対策本部暴力団対策課。警部補。
藤田　勝　県警本部組織犯罪対策本部暴力団対策課。巡査部長。
保科武昭　県警本部警備部外事第二課。警部補。
佐野祐一　県警本部警備部外事第二課。巡査部長。

北詰　県警本部捜査第一課強行犯係。
岩城　県警本部捜査第一課強行犯係。
板橋　武　県警本部捜査第一課課長。警視。
佐藤　実　県警本部長。警視監。

神野義治　常盤町にある暴力団「神風会」組長。昔気質のやくざ。
岩倉真吾　神風会代貸。ただ一人の組員。
陳文栄　中華街にある高級店の店主。中華街の顔役。

伊知田琢治　坂東連合相声会傘下・伊知田組組長。田家川組の下位団体。
加津佐豊秀　カズサ運送社長。
郭宇軒　福富町西通りのビルのオーナー。
周沐辰　中国マフィア。北京大学出のエリート。
蓮田弘明　関西系暴力団・羽田野組の三次団体・宇江木組の元組員。
田家川竜彦　坂東連合相声会傘下・田家川組組長。服役中。
泉田誠一　羽田野組組長。
組のフロント企業「ハタノ・エージェンシー」社長代行。
羽田野　繁　羽田野組前組長。横浜で射殺された。

カバーデザイン　高柳雅人
カバーフォト　　東阪航空サービス／アフロ

1

「本部から問い合わせが来ているらしい」

諸橋夏男は城島勇一に言った。

城島がこたえた。

「伊知田組の件だろう」

二人は、神奈川県警みなとみらい署の刑事組対課暴力犯対策係だ。諸橋が係長で、城島は係長補佐だ。

係長席の脇には来客用のソファがあり、城島はそこに腰かけている。彼のお気に入りの席だ。

伊知田組は、管内の小さな暴力団だ。

「そうだ。何か伊知田組で動きがあるのか？」

「さあね……。だいたい、あの組はもう死に体だよ。ほとんど解散したようなもんだ。若い衆を養えないいんだよ。上納金も払えないいんじゃないのか」

「伊知田は田家川組に上納金を納めるわけだな」

「そう。田家川が上位団体だからね」

田家川組も伊知田組も、坂東連合相声会という指定暴力団の傘下にある。田家川組組長の田家川竜彦は現在服役中で、伊知田組は城島が言ったとおり、風前の灯火といったありさまだ。

「でも、上納金に滞りはないようですよ」

そう言ったのは、主任の浜崎吾郎巡査部長だ。浜崎は、実にマル暴らしい刑事で、見かけはマルB、つまり暴力団員と変わらない。最も頼りになる部下だ。

城島が言った。

「何だ、伊知田のやつ、何か金づるを見つけたのかね……」

浜崎が言った。

「本部が知りたいのは、そのへんのことなんじゃないですかね」

諸橋は言った。

「じゃあ、浜崎と日下部で、ちょっと当たってくれ」

「了解です」

浜崎の隣の席にいる日下部亮は、係で一番の若手だ。彼は、大学時代に応援団にいたとかで、腕っぷしには自信があるらしく、やけに手が早い。

ベテランの浜崎が日下部にブレーキをかけているのだ。

城島が言った。

「本部には、何かわかったときに知らせればいいんだろう？」

諸橋はこたえる。

「そうもいかないだろう。調べる旨を、報告しなけりゃならない」

「何か訊かれたら、それにこたえるだけでいいんじゃないの？」

さすがに、ノリがラテン系といわれている城島だ。

「気になるんだ」

「何が？」

「問い合わせてきたのは、暴対課とかじゃないんだ」

「どこだよ」

「捜査二課だ」

城島が片方の眉を吊り上げる。

「何？　だったら俺たちじゃなくて、知能犯係に声を掛けりゃいいものを……」

それに浜崎が同調する。

「そりゃそうですね。二課ってことは、詐欺とか汚職でしょう」

「あの……」

倉持忠がひかえめに発言した。「知能犯係じゃ伊知田組の情報を持っていないでしょう」

倉持巡査部長は、もう一人の主任だ。

こちらは浜崎と対照的で、気が弱そうなタイプだ。マル暴には見えない。

彼と組んでいるのが、八雲立夫だ。彼もまた、マル暴刑事というタイプではなかった。およそ人間関係には関心がなさそうだった。だから、目上の者に対する態度がなっていないと言われることがある。

だが、八雲がいて係はおおいに助かっている。コンピュータマニアなので、暴対係のＩＴ関連を一手に引き受けているのだ。

諸橋は倉持の言葉にうなずいてから、城島に言った。

「そういうわけで、電話してみる」

城島があきれたような顔で言った。

「係長ともなると、いろいろと気をつかうんだね」

警電は、すぐに刑事部捜査第二課につながった。

「みなとみらい署暴対係の諸橋といいます。管内のマルＢの件で、そちらから問い合わせがあったんですが……」

「それで、何かわかったの？」

相手の言い方が面白くなかった。

「こっちは名乗ってるんだから、そっちも名乗ったらどうです？」

「知能犯捜査第一係の牛尾だ」

「伊知田組について何か知りたいということですので、ちょっと調べてみることにします」

「え？　これから調べるってこと？」

「はい」

「何だよ。管内のマルBの情報もないの？」

「組長の伊知田のことなら把握してます。しかし、最新の動向が知りたいんでしょう」

「ちょっと待ってくれ」

いきなり電話が保留になった。

こっちも暇じゃないんだ。一度切って、そっちからかけてくればいいだろう。

しかたなく、しばらく待っていると、電話がつながった。

「もしもし……」

女性の声だ。諸橋は官姓名を告げた。すると、相手は言った。

「捜査二課の永田です」

「課長ですか……」

永田優子課長はキャリアなので、警視だがまだ三十代だ。

「伊知田組の件、お手数かけます」

「これから着手する旨、今、牛尾というそちらの人に告げました」

「ああ、牛尾主任ね」

主任ということは巡査部長か。諸橋より階級が二つ下だ。敬語を使うことはなかったと思った。

「あらかじめ、どんなことをお知りになりたいのかをうかがっておけば、効率がいいと思います」

「どんなことでも知りたいんです」

「漠然(ばくぜん)としてますね」

「私は暴力団のことは詳しくないので、そちらを頼りにしているんです」

「組対本部には、マルBの専門家がたくさんいるじゃないですか」

「現場からの情報が一番でしょう？　本部には所轄ほどの新鮮な生の情報はありません」

「じゃあ、その新鮮な生の情報を取りに行きましょう」

「お願いします」

「一つうかがっていいですか？」

「どうぞ」

「何のために、伊知田組の情報が必要なんです？」

「それは電話じゃ言えないわね。こっちに来てくれます？」

「捜査二課にですか？」

「ええ。午前中なら時間が取れるわ」

すでに午前十時を回っている。あれこれ考えている時間はない。

諸橋はこたえた。

「わかりました。三十分でうかがいます」

「待ってます」

電話が切れた。

「人にものを頼むなら、呼びつけたりしないで、向こうからみなとみらい署に来るべきじゃないか」

徒歩で県警本部に向かいながら、城島が文句を言っている。諸橋はこたえた。

「それ、本部の課長に言えるか？」

「俺は言えない。だから、おまえが言えばいいんだ」

諸橋は黙っていた。城島は返事をしてほしいわけではない。ただ愚痴を言いたいだけなのだ。

彼の言葉はさらに続く。

「呼び出すなら、せめて車を寄こすとかさ……」

「所轄の係長ふぜいに迎えの車を寄こす警察本部がどこにある」

「それがせめてもの誠意ってもんじゃないの？」

「歩くのは体にいいんだよ」

県警本部の警備係詰所で来意を告げ、玄関までの長いアプローチを進む。

捜査第二課は十一階にある。刑事部のほとんどの部署がその階にあるのだが、諸橋たちが馴(な)染(じ)みなのは十二階だった。

その階には、暴力団対策課があるのだ。

刑事総務課で再び来意を告げると、すぐに捜査第二課長室に行くように言われた。部屋の前には決裁待ちの列ができているが、それを飛び越してドアをノックした。

「はい、どうぞ」

永田課長の声がする。

入室すると、先客がいた。その用事が終わるのを出入り口付近で待っていた。

先客が出ていくと、永田課長が言った。

「ご足労いただき、すいません」

すると、城島がそっとつぶやいた。

「まったくだ」

「あちらで話をしましょう」

永田課長は来客用のソファを指さした。

「いえ、私は立ったままでけっこうです」

城島が諸橋に言った。

「え、俺は座りたいんだけど」

永田課長が席を立った。

「私もソファのほうがありがたいわ。さ、座ってください」

「はい」

　永田課長が座るのを待って、その向かい側に城島と並んで腰を下ろした。諸橋は尋ねた。

「伊知田組の情報が必要な理由を教えていただけますか？」

「詐欺なんです」

「どんな詐欺ですか？」

「食材の詐取です」

「食材……」

　ぴんと来なかった。

「そう。高級牛肉とか冷凍ホタテとか蟹とかの高級食材なんです」

　それを聞いて、頭の中でようやく、食材という言葉とマルBが結びついた。

　永田課長の説明が続いた。

「もともとは警視庁から来た事案なんです。横浜市内の食品関連会社から、福岡県の食肉製造会社や東京都内の水産加工会社などに食材の注文があったんです」

　城島が言った。

「でも、その横浜の会社は存在しなかった……」

「そういうことです。架空の会社でした。大量の商品を注文して姿をくらます『取り込み詐欺』という手口です」

諸橋は質問した。

「伊知田がその詐欺に加担しているということはわかっているのですよね？　だったら、我々の助けなど必要ないでしょう。すぐに検挙すればいい」

「それが、はっきりした証拠（しょうこ）がつかめていないんです。詐取した食材をどこに隠してあるのかつかめないんです」

「伊知田の名前が浮上したのはなぜです？」

「二課の内偵の結果です。警視庁がマークしている人物の共犯がどうも伊知田らしいということで……」

「なるほど」

城島が言った。「とにかく現物を押さえたいと……」

永田課長がうなずく。

「伊知田が犯人だという物的証拠がほしいんです」

城島がさらに言う。

「伊知田は横浜市内に倉庫を持っています。そこが怪しいですね」

「その倉庫のことは聞いています。でも、へたに触れないんです。家宅捜索をして中が空だったりしたら、すべてぶち壊しでしょう」

永田課長が言うとおりだった。ガサは一発勝負だ。

城島が言う。

「『取り込み詐欺』なら、入手した現物はかなり大量でしょう。それを一ヵ所に置いていたら足がつきますよね？」

「そう。ですから、犯人たちは品物の移送システムを持っていると、私たちは考えています」

「移送システム……」

「そうです。大量に荷物を運んで移動する手段と、それを一時的に保管しておく場所です」

諸橋は言った。

「それは、なかなかハードルが高いですね」

それを受けて、城島が言う。

「だが、マルBならできる」

たしかに城島の言うとおりかもしれない。運送会社などの伝手があるマルBは少なくない。

諸橋は、永田課長に言った。

「報告は誰にすればいいですか？」

「私にしてください」

この言葉に驚いた。

普通なら下っ端の担当者を窓口にする。理事官や管理官、課長代理でも、所轄の係長からすれば偉い人だ。課長はさらにその上にいる。

「直接でよろしいんですか？」

「ええ。あなたは、所轄の係長といっても例外的に警部なんですよね？　警部から警視への報告なら何の問題もないでしょう」

「はあ……」

「ついでにうかがっていいかしら」

「何でしょう？」

「どうして警部なのに、所轄の係長なんですか？」

訝しげな顔をする者は多いが、真っ向からこう質問してくる例は少ない。

「私のやり方が気に入らない誰かが、人事に口出ししたんだと思います」

「どういうやり方？」

「マルBには一切手加減しない。そういうやり方です」

「それのどこがいけないのかしら……」

すると城島が言った。

「何にでもイチャモンをつけたがるやつはいるんです」

永田課長が城島を見て言った。

「あなたは、係長補佐でしたね？」

「ええ、そうです」

「そういう役職は、他では聞いたことがないんですが……」

「実はね、私が係長になるはずだったんですよ。そこに、諸橋がやってきた……。いきなり天から降ってきたようなもんですよ」

「それは災難でしたね」

「いえ、かえって幸運でした。もともと係長という柄じゃないですし……。待遇は係長で、責任は諸橋が取る。私にとっちゃ理想的です」

警察官も公務員だから、出世のことを気にする者は少なくない。城島のこうした発言を額面どおり受け取れないと考える向きもあるようだが、諸橋は「本音だろう」と思っていた。

永田課長が言った。

「話は以上です」

諸橋と城島は同時に立ち上がった。

みなとみらい署の近くまでやってくると、城島が言った。

「昼時だね。飯食いに行こう」

刑事は捜査のためなら寝食を忘れるものだと思われている。実際に、寝る時間はかなり削られるが、食事をおろそかにすることはあまりない。

特に城島はそうだ。刑事なんて、食べることとくらいしか楽しみがないというのが、彼の言い分だが、それはどうかと諸橋は思う。

城島は、食事以外にもいろいろと楽しんでいるように見えるのだ。

署の手前のビルの中にあるイタリアンレストランに入った。この店は城島のお気に入りだ。

城島は、料理の質もそうだが、食事の時間を大切にする。さすがはラテン系といわれるだけある。

署に戻ったのは午後一時近くだった。

諸橋は浜崎と日下部に、永田課長から聞いた話を伝えた。

すると、浜崎が言った。

「たしか、伊知田の息のかかった運送屋がいたはずです」

「市内か？」

「彼が持っている倉庫の近くだと思います。張り込みの必要がありますね」

「……となると、二人じゃ無理だな。倉持と八雲にも頼もう」

「事務所のほうも目配りしなきゃならないですよね。四人でも間に合わないかもしれません」

「俺たちも加わる」

「わかりました」

浜崎がうなずくと、城島が言った。

「捜査二課からも人を出させようぜ。何も、俺たちだけが苦労をすることはない」

諸橋は言った。

「それを課長に言えってことか？」

「問題ないだろう。おまえ、あの課長に気に入られているみたいだし」

気に入られているだって……。

「そいつはおまえの思い過ごしだ」

「そうかな……。とにかく、ダメ元で電話してみれば？　人が増えれば、それだけ楽になるぞ」

諸橋は言った。

「考えておく」

電話をしてみると、永田課長はあっさりと言った。

「いいですよ。何人必要ですか？」

「それはこちらから言えることではありません」

「わかりました。では管理官か係長と相談しておきます。担当者をそちらに向かわせます」

「恐れ入ります」

電話が切れた。会話の内容を伝えると、城島がにっこりと笑った。

「ほらね、やっぱりおまえは気に入られているよ」

2

その日の午後三時過ぎに、捜査第二課から二人の男がやってきた。

「牛尾だ」

電話で一度話したやつだ。見たところ、三十代の半ばだ。四角い顔をしている。性格も角張っていそうだと思った。

年齢も階級も下だとわかったから、諸橋は丁寧語で話すのをやめた。

「諸橋だ。こちらは係長補佐の城島。他の係の者はおいおい紹介する」

捜査第二課のもう一人が言った。

「中村（なかむら）といいます」

こちらは三十歳くらいだ。

牛尾が尋ねた。

「それで、段取りは？」

「伊知田の事務所と、彼が所有している倉庫を見張る。二十四時間態勢で監視をするとなると、人数が必要だ。それで来てもらった」

城島が補足する。

「うちの係は全員で六人。おたくら二人を合わせると、総勢で八人。二人ずつの組が四組できる」

牛尾が城島に言う。

「それぞれの場所を、二組で監視するということだな？」

「そう。二組なら交代で張り付ける」

「二十四時間を二交代か……。きついな」

たしかにきついだろう。暴対係の連中はおそらく、当番でないときはそれぞれが抱えている事案の捜査もするはずだ。

だから、二課の連中に泣き言は言わせない。

諸橋は説明した。

「伊知田の自宅兼事務所が、みなとみらい四丁目の高級マンションにある」

牛尾が言った。

「高級マンションに暴力団事務所……。今どきそんなことがあり得るのか？」

その質問にこたえたのは、浜崎だった。

「別に看板を出しているわけじゃないんで……。時折、手下や情婦が出入りするだけなんです」

「住民から苦情は出ないのか？」

「マンション自治会の役員をやっていますよ」

「冗談だろう……」

「俺たちも最初、冗談だと思ったんですけどね……。マンションの中ではよき隣人のようです。住民たちは伊知田がマルBだって知らないんじゃないでしょうか」

「だって、組員とかが出入りしているんだろう？」

「組員といっても三、四人なんです。彼らは用事があるときしか事務所にやってきません。つまり、周辺の住民からしてみれば、知人が時折訪ねてくるといった風にしか見えないんです」

「それにね……」

城島がまた補足する。「あの辺の高級マンションに住んでる人の中には、一癖も二癖もあるのがいるからね。伊知田なんて目立たないんだよ」

諸橋は、説明を続けた。

「伊知田が所有している倉庫は、神奈川区千若町三丁目にある。その二ヵ所を手分けして見張る」

「千若町……?」

牛尾が言う。「ちょっと離れているな……」

城島がそれにこたえる。

「みなとみらい署管内に、倉庫なんてないからね」

「管轄が違うだろう」

「所轄は神奈川署だね。いちおう挨拶はしておかないとね……」

「じゃあ、神奈川署からも人を出させればいい」

城島が苦笑した。

「所轄の事情をご存じないようだね。よその事案に貴重な人員を割いてはくれないよ。どこの署も人手不足だから」

「二課が言えばいい」

諸橋は言った。

「伊知田の件は、みなとみらい署が引き受けた。だから、神奈川署に迷惑はかけない」

牛尾は何か言いたそうにしていたが、結局何も言わなかった。

その後、班分けをした。捜査本部の原則に従うことにする。つまり本部の者と所轄の者を組ませるのだ。そのほうが効率がいい。

牛尾と日下部を組ませることにした。中村は浜崎と組む。巡査部長と巡査あるいは巡査長を組ませることにした。そうすれば、自然と巡査部長が責任を持つことになる。

倉持と八雲はいつものペアだ。諸橋は城島と組むことにした。

本来なら諸橋が牛尾と組み、城島が中村と組むべきなのかもしれない。そうすれば、係の者たちはいつものペアで行動できる。

だが、どうしてもその気になれなかった。浜崎と日下部には悪いが、二課の二人のお守りをしてもらうことにしたのだ。

「さて……」

城島が言った。「張り込みとなると、車が必要だな」

牛尾が言った。

「捜査車両を使えばいいんだ。別に問題はないだろう」

「あんた、所轄のこと何にもわかってないね。ＰＳに車が何台あると思ってるの？」

ＰＳは警察署のことだ。

「普段、車両を使っていないということか？」

「もちろん、徒歩と電車だよ。え？　おたくら車で来てるの？」

「車だ」

「さすがは本部だなあ……。じゃあ、その車使わせてもらえるね？」

城島は、牛尾の返事を聞かずに、続けて言った。「あと一台都合すれば張り込みができるわけだ。日下部、手配してくれ」

「了解しました」

日下部はすぐに警電の受話器に手を伸ばした。

車が用意できたので、最初の当番が持ち場に出かけることになった。午後四時頃のことだ。昼の十二時から午後六時まで、自宅兼事務所を倉持と八雲が、倉庫を諸橋と城島が見張るシフトになっていた。

牛尾が倉持に車のキーを渡して言った。

「ぶつけないでくれよ」

みなとみらい署の捜査車両のハンドルは諸橋が握る。

助手席に乗り込んだ城島が言った。

「牛尾ってやつ、若いくせに態度でかいな」

「本部のやつなんて、そんなもんだろう」

「あいつのタメ口、気にならないのか？」

「気にならない」

「浜崎たちはムカついてたみたいだぞ」

そうなのだろうか。だとしたら、無益なことだ。

「へたに対立しないように、気をつけていてくれ」

「俺はそういうの、苦手だよ」

そんなことはない。城島ほどの世渡り上手は滅多にいない。見かけは能天気だが、細かく気配りもできる。

諸橋は言った。

「頼むよ」

千若町三丁目は、海岸の埋め立て地の一画だ。殺風景な地域だが、海が近いというだけで少しだけ気分がなごむ。

諸橋は、カーナビの指示どおりに運転して、倉庫の前にやってきた。建物の前にコンテナトラックが停まっていた。

城島が言った。

「思ったより小さな倉庫だな」

「何を保管しているのか知らないが、個人で所有するには充分の大きさだろう」

「倉庫の需要はいくらでもあるからな。貸倉庫にしても元は取れるんじゃないか?」

「あのトラックが気になる。ナンバーを控えておいてくれ」

「了解」

城島はスマートフォンを取り出した。諸橋はいまだに、手書きでメモを取るが、城島はスマホを使うようになった。八雲がそれを推奨しているのだそうだ。

さらに望遠レンズ付きの一眼レフカメラで撮影した。スマホのデータに万が一のことがあっても、画像が残る。

「照会するか?」

「ああ、頼む」

パトカーならナンバー照会用の端末がついているが、この車には無線しかない。サイレンもなかった。

城島が電話をかけている間に、諸橋は車を移動させた。対象の建物の正面に陣取るわけにはいかない。

少し離れた場所から様子を見る。幸い、この一帯は道が広いし、交通量は少ない。好きな場所に駐車できる。

車を駐めると諸橋は、シートの背もたれを少し倒して長期戦に備えた。また、そうすることで姿勢が低くなり、外から見えにくくなる。

「あれ、運送屋の車だな」

電話を切った城島が言った。「所有者は、株式会社カズサ運送。代表者は、加津佐豊秀……。なんだ、豊臣秀吉みたいな名前だな……」

「それって、浜崎が言ってた、伊知田の息がかかった運送屋か?」

「どうだろうね。浜崎に電話してみよう」

大きな車ではない。二トンくらいのトラックだ。こちらに正面を向けているので、コンテナに何が書かれているのかわからない。会社名が書いてあるかもしれないと、諸橋は思った。

城島が言った。

「浜崎は確認すると言っていた」

諸橋はうなずいた。

城島も助手席の背もたれを少し倒した。

「交代で見張る？」

諸橋はうなずいた。

「そうだな」

「じゃあ、俺は休憩させてもらう」

城島がさらに背もたれを倒した。

諸橋は、フロントガラス越しに、倉庫を見つめていた。

出入りする者はいない。もともと倉庫というのは、人が頻繁に出入りするものではない。トラックの周辺にも人影はなかった。

ただ、建物とコンテナトラックを見つめているだけだ。

まあ、張り込みなんてこんなものだと、諸橋は思った。何も起きないのが普通なのだ。自分が張り込んでいるときに、重要人物が姿を見せるとか、何か決定的なことが起きる確率は、宝くじ並みだろう。

いや、それは言い過ぎか。交通事故にあう確率くらいだろうか。つまり、それだけ稀だということだ。

一時間ほどして、城島がむくりと起き上がった。

「ちょっと寝たぞ」

「そろそろ交代が来るころだな」

「もうそんな時間か……」

城島が時計を見てから、窓の外に眼をやる。「日が短くなったなあ……。ちょっと前まで夏だったのに……」

「え……」

諸橋は言った。「もう十月の十日だぞ。夏なんかとっくに終わっている」

「俺の夏は続いていたのさ」

後部座席がノックされた。振り向くと、次の当番の浜崎と中村がいた。

諸橋がロックを解除すると、浜崎が後部座席に滑り込んできた。続いて中村が乗り込んだ。

「どうです？」

浜崎の問いに、諸橋はこたえた。

「動きはない」

「あのトラックですね？」

「そうだ。何かわかったか？」

「伊知田と付き合いがある運送屋はカズサ運送で間違いないです」

「フロント企業か何かか？」

「いえ、社長の加津佐豊秀は素っ堅気です。今どき、フロント企業は生きていけませんよ」

城島が言う。

「暴対法と排除条例でギチギチに締め付けてるからね」

諸橋は言った。

「じゃあ、俺たちは引き上げる」

諸橋と城島が車を降りると、浜崎が助手席に、中村が運転席に座った。

諸橋は城島に言った。

「最寄りの駅はどこだっけな?」

「京浜急行の神奈川新町だ。JRなら東神奈川」

「京浜急行で行こう」

「署に戻るのか?」

「他に行くところがあるのか?」

「夕食をどこで食おうかと思ってね」

「それは大切だ」

二人は歩きだした。


さすがに夕食をゆっくり食べている余裕はなかった。警察官の特技の一つは早飯だが、それを活かして手早く食事を済ませ、署に戻ったのは午後七時を少し回った頃だった。

夜中の零時から、また張り込みの当番だ。諸橋は自宅に戻らず、署で仮眠を取ることにした。こういうとき、一人暮らしは気楽だ。

城島も泊まり込みを決めたようだ。

倉持と八雲がもどっていた。彼らは、諸橋たちと同じシフトでマンションのほうを見張っている。

諸橋は倉持に尋ねた。

「そっちはどうだ？」

倉持は、驚いたように諸橋を見た。別に驚いたわけではないと思う。彼はいつも何かに驚いたような反応を見せるのだ。

「あ、特に変わったことはありません」

「そうか」

すると、八雲が言った。

「牛尾ってやつが、驚いていましたよ」

諸橋は聞き返した。

「何に？」

「伊知田が住んでるマンションが、あまりに立派なんで……」

高級マンションだと言ってあったはずだ。だいたい、みなとみらいに安いマンションなどない。想像がつきそうなものだと、諸橋は思った。

城島が言った。

「それで、牛尾と日下部はうまくやってるの？」

倉持がこたえる。

「さあ、どうでしょう。自分らは、交代したらすぐに持ち場を離れましたから……」

八雲が言った。

「いつか衝突するでしょうね」

城島が八雲に尋ねる。

「ヤバそうなのか？」

「日下部は、相当に我慢してますよ。でも、いつか爆発するでしょう。俺も牛尾のやつにはムカつきますからね」

「どんなやつだろうと関係ない」

諸橋は言った。「いっしょに仕事をしなければならないんだ」

八雲が言った。

「張り込みやって、取り込み詐欺の証拠を見つければ、俺たちはお役御免でしょう？　それまで我慢すればいいわけですね」

「だといいがな……。それからな、八雲。牛尾はおまえから見れば先輩だ。呼び捨てにするな」

「向こうは係長に対してタメ口でしたよ」

おとなしく「はい」と言わないのが八雲だ。それは彼の欠点でもあり長所でもあると、諸橋は思っている。

「向こうがどうのという問題じゃない。おまえの問題だ」

八雲はようやく「わかりました」と言った。

城島が二人に尋ねた。

「それで、おまえたちは十二時までどうするつもり？」

倉持がこたえた。

「自分はここで待機しているつもりです」

「え……」

八雲が倉持の顔を見る。「どこかで睡眠を取らないんですか？」

「二日くらいは平気だ」

本当にそうなのだろうと、諸橋は思った。警察官はみんな徹夜に慣れている。それに、倉持は見かけよりずっとタフなのだ。

「いやー」

八雲が言った。「俺はどこかで寝ますよ。徹夜なんて効率悪いです」

捜査は効率じゃない。どちらかといえば根性だ。そう思ったが、諸橋は何も言わなかった。

城島が言う。

「倉持も寝ておけよ。本部の助っ人に、そんなに入れ込むことはない」

「はあ……」

城島が諸橋に言う。

「俺たちも仮眠を取れるところを確保しておこう。係長が休まないんじゃ、倉持も休みづらいだろう」

当直室とか、寝られそうな場所は何ヵ所かある。最悪、柔道場の畳の上で毛布か何かをかぶる手もある。

結局、午後九時過ぎに、二段ベッドが並んでいる仮眠所に行った。ここは早い者勝ちだが、まだこの時間だとすいている。

ベッドにもぐりこんだが、ほとんど眠れなかった。午後九時では仕方がない。

午後十一時過ぎに、城島と共に署を出た。電車で最寄り駅まで行き、捜査車両に後方から近づいた。

後部座席に乗り込むと、諸橋は浜崎に尋ねた。

「どうだ?」

「まったく動きなしです」

「ごくろう。代わるよ」

浜崎と中村が車を降り、諸橋は運転席に、城島は助手席に移動する。

深夜から夜明けまでの張り込みだ。

城島が言った。

「この張り込みは、いつまで続くんだろうな……」

「何かをつかむまでだ」

諸橋はこたえた。「そう長いことではないと思う」
希望的観測ではない。経験から来る予感のようなものだ。諸橋はそんな気がしていた。

3

城島に起こされた。

いつの間にか寝ていたらしい。時計を見ると、午前二時を少し過ぎていた。

「どうした？」

諸橋が尋ねると、望遠レンズつきのカメラを構えたまま城島がこたえる。

「例の車が戻ってきた」

「例の車……？　カズサ運送のコンテナ車だな？」

「そうだ」

「こんな時間にか？」

「戻ってきただけじゃない。荷下ろしを始めたぞ」

諸橋は眼をこらした。

このあたりは街灯もまばらでえらく暗いが、幸い、倉庫の前には明かりが点(つ)いていた。

城島が続けざまにシャッターを切る。

「これくらい明るければ、作業している連中の人着(にんちゃく)もはっきり写るな……」

「夜間に作業をするための明かりだな」

「ああ。だが、いくら何でもこんな時間に作業するのはおかしい」

「そうだな」

「人に見られたくない荷物を降ろしているんだろう」

「確認できるか?」

「お……。箱にホタテと書いてあるぞ」

「決まりだな……」

「でっかい蟹らしい包みも見えるぜ」

諸橋は、携帯電話を取り出した。永田捜査二課長にかけるのだ。真夜中だろうが明け方だろうが、知ったことではない。

さすがにこの時刻には寝ているらしく、すぐには出ない。呼び出し音が七回鳴ると、ようやく電話がつながった。

「みなとみらい署の諸橋です。伊知田の倉庫に、海産物らしい荷物を運び込んでいるのを目視しました」

「接触は?」

「もちろん、していません。今後の指示をあおごうと思いまして……」

「今、目視と言った?」

「はい」

「係長が自ら張り込みをしているってこと?」

「そうです」

所轄の係長は、それくらいは普通にやる。

「証拠は？」

「作業をしているところを写真に収めました」

「それを、至急本部に届けてください」

「この場を離れろということですか？」

「写真を撮ったのなら、もう張り込む必要はないでしょう」

「伊知田の姿を、まだ確認していません」

「倉庫が伊知田の持ち物であることは明らかなのでしょう？　ならば、問題ありません」

「了解しました。本部の誰に渡しますか？」

「宿直の者に電話しておきます」

「わかりました」

諸橋が電話を切ると、城島が尋ねた。

「二課長？」

「そうだ」

「寝ぼけてなかったか？」

「えらくしゃんとしてたよ」

「へえ……。キャリアは違うな」

「キャリアも地方（じかた）も関係ない。俺たちだって、しゃんとしているじゃないか」

城島が笑った。

「俺たちは特別なんだよ」

カメラから抜き出したデータカードを渡して引き上げようとしたら、宿直の男は、いっしょに中身を確認していけと言う。

城島が言った。

「俺たちは、写真を届けろと言われただけだよ」

宿直の男は、すでにデータカードをパソコンに差し込んでいる。

「そう言わないで、いっしょに見てくれよ。何かあったら、俺が叱（しか）られるんだから……」

仕方なく、三人でパソコンの画面に見入った。

すべての写真を見終えて、城島が言う。

「我ながら、よく撮れていたな」

宿直が言う。

「ご苦労さん。……じゃ、二課長に渡しておくから」

県警本部を出ると、城島が言った。

「まだ三時前だ。この時間に帰宅できるのはラッキーだな」

「俺は署に戻る。待機しているやつがいるかもしれない」

「電話でいいよ、電話で」

「車はどうする？」

「乗って帰れよ。途中で、俺を落っことしていってくれ」

考えるまでもなかった。城島の言葉に従ったほうがいい。

諸橋は捜査車両の運転席に乗り込むと、浜崎に電話した。

「係長ですか？」

「すまんな。寝ていたか」

「どうしました？」

「張り込みは解除だ。朝は通常通りに出てきてくれ」

「あ、わかりました。日下部たちにも連絡しておきます」

「頼む。俺と城島も帰宅する」

「了解です」

諸橋は電話を切ると車を出した。

城島が言った。

「ガサは二課がやるんだろうな」

「そうだな」

「今日で、俺たちはお役御免だよな？」

「……だといいがな」

「だって、二課長に言われたことは、全部やったぜ。あとは、二課の仕事だろう」

諸橋は同じ言葉を繰り返した。

「だといいがな」


翌朝の午前八時二十分頃、諸橋は署に到着した。すでに城島をはじめとする係の者たちは顔をそろえている。

帰宅したのが午前三時になろうとする時刻だったから、もう少し遅く出勤したかったのだが、公務員、特に中間管理職はそうも言っていられない。

驚いたのは、その場に牛尾と中村がいたことだった。彼らは、午前六時からのシフトだったので、署で待機していたのだろう。

諸橋は、牛尾に言った。

「本部に戻らないのか？」

その質問にはこたえずに、牛尾は言った。「言ってくれれば、写真のデータは俺が届けたのに……」

同じ発言でも、人によってはこちらを気づかってくれていると感じられるだろう。だが、牛尾は違った。明らかに抗議している。

本部に写真を届けるのは自分の役目であり、所轄の出る幕ではないと言いたいのだろう。

諸橋はこたえた。

「二課長直々の仰せだったんでな」

「だから……」

牛尾が苛立った調子で言う。「直接、課長に電話をする必要はなかったと言ってるんだ」

「電話番号を知っていたから電話をした。それの何が悪い」

「未明に課長を叩き起こすことはない」

「刑事はそんなことを気にしていられないんじゃないのか」

「電話をするときは、俺がする」

「所轄の係長ごときが、本部の課長に電話するなと言いたいのか?」

「そういうことだ」

ここは、否定したりごまかしたりする場面だ。でないと、面倒なことになる。

日下部が言った。

「てめえ、ふざけんなよ」

いつもなら日下部を止める浜崎が何も言わない。彼も、牛尾に腹を立てているのだ。

牛尾が日下部に言った。

「口のきき方に気をつけろ」

「それはこっちの台詞だ。うちの係長は警部だぞ」

こういう場合は階級などあまり意味がないと、諸橋は思った。

ところが、意外なことに牛尾が驚いたように言った。

「え?　警部……?」

そして、諸橋を見た。本当に驚いた様子だ。彼は諸橋の階級を知らなかったのだ。

城島が言う。

「階級の問題じゃないなあ。ずっと気になっていたんだが、諸橋は目上でしかも係長なんだから、敬語を使うべきじゃないか?」

牛尾が真顔で聞き返す。

「ずっと気になっていた……?」

「そうだよ。警察ってのは、そういうところだろう」

牛尾が開き直るのではないかと、諸橋は思った。タメ口が本人の方針ならそれでいい。

だが、またしても意外なことに、牛尾は態度を改めた。

「それは失礼しました。気を悪くされていたのなら、謝ります」

それはどうやら本心のようだった。彼はさらに言った。

「所轄と距離を作りたくないので、親しく振る舞おうとしたのが裏目に出たようです。俺は、そういうの得意じゃなくて……」

他人との距離の取り方がうまくないやつは少なくない。多くの場合、距離を取り過ぎるのだが、反省して距離を縮めようと努力をする。

それが失敗すると、今回の牛尾のようなことが起きる。

諸橋は言った。

「俺は気にしていない。ただ、課長に電話するなと言われたことは聞き流せない」

「永田課長は、我々の上司ですから、我々が報告するのが筋だと思ったんです」

「筋は大切だ。だが、俺は課長から直接報告するようにと言われている」

「それを知りませんでしたので……。申し訳ありません」

「日下部が腹を立てるのももっともなんだ。わかってくれるか」

「ええ、わかりますよ」

城島が言った。

「ともあれ、張り込みは終わりだ。あんたらは本部に帰る。俺たちは普段の仕事に戻る。それでいいんじゃないの?」

牛尾が「はい」と言った。

二人は本部に戻っていった。


その日の午前十時過ぎに、永田課長から電話があった。

「捜索差押許可状を請求するわ」

「そうですか」

つまり、伊知田が所有する倉庫にガサをかけるということだ。それはわかるが、どうして自分のところに課長が電話をしてきたのかがわからない。

永田課長が言った。

「そうですか、じゃなくて、許可状が下り次第、家宅捜索をするので、手を貸してほしいの」

やはり、そういうことか。

諸橋は思った。城島は「お役御免」と言っていたが、そうはならない気がしていた。

本部の課長から手伝えと言われたら、断れない。

「わかりました。ガサとなれば、人手がいりますからね」

「暴力団対策課にも応援を頼むつもりよ」

「いいですね。暴対課には、知り合いが多いです」

「では、日時が決まったらお知らせします」

「よろしくお願いします」

電話が切れるのを待ち、受話器を置いた。

「誰からだ?」

城島が尋ねた。彼はいつものソファにいる。係長席の脇だ。

「永田課長だ」

「何だって?」

家宅捜索を手伝えと言われたことを伝えると、城島は大げさに溜め息をついた。

「おまえ、こうなるとわかっていたようだな」

「わかっていたわけじゃない。ただ、おまえの言うとおりにすんなりお役御免になるとは思えなかった」

「二課長は俺たちのこと、よっぽど暇(ひま)だと思っているようだな」

「ガサ状を取るための決め手となったのは、おまえが撮影した写真なんだ。だから、引き続き協力を頼みたかったんだろう」

「それ、どういうこと？　俺たちを頼りにしているってことか？」

「そう言ってもいいだろう」

「まあ、頼りにされたんじゃ仕方がないか……」

何事にも前向きなのが城島のいいところだ。

係員たちは全員出かけている。それぞれが手がけている事案の捜査だ。家宅捜索となれば、それらの仕事は後回しになる。

それも仕方のないことだと、諸橋は思った。

「そう言えば、暴対課にも助っ人を頼むと言っていた」

「へえ……。誰が来るかな……」

城島はあまり関心がなさそうだった。

再び永田課長から電話があったのは、午後三時頃だった。

「家宅捜索ですが、日没前に着手します」

特別の記載がない限り、家宅捜索は夜間はできないことになっている。日の出と同時に踏み込むことが多いのはそのせいだ。

「本日ですか？」

「そうです」

「ガサ状が下りたということですか？」

「今、担当者が裁判官と面談をしています」

面談をしているのはつまり、手こずっているということだ。逮捕状や捜索差押許可状は、問題がなければ、一時間ほどで発行される。

何か問題があると判断すると、判事が担当の警察官を呼び、面談を求める。請求者である警部以上の者が直接話をすることはほとんどない。請求書を持っていった者が判事を説得しようと努力するのだ。

「……で、我々はどうすればいいんですか？」

「本部で待機してください」

家宅捜索で、現地集合はあり得ない。捜査員全員がいっしょに出発して、現場に到着する。

「了解しました。では、これからうかがいます」

「二課に来てください」

「はい」

電話が切れた。

諸橋は城島に言った。

「係員たちを呼び戻してくれ。本部に詰める」

「ガサ状は？」

「裁判所で面談中だそうだ」

「じゃあ、まだかかりそうだね」

「本部で待機だ」

「了解」

浜崎たち係員は、二十分後には全員戻って来た。すぐに出発して、県警本部に到着したのは午後三時四十五分だった。

捜査二課に行くと、牛尾が諸橋の一行を出迎えた。

城島が尋ねた。

「ガサ状は？」

「まだです」

「どこで待てばいい？」

「会議室を用意しました。そちらへどうぞ」

すっかり言葉づかいが変わっている。誰かがぶち切れなくてよかったと、諸橋は思った。日下部あたりと喧嘩になっていたら、けっこう気まずい思いをしただろう。

会議室には先客がいた。

「おお、『ハマの用心棒』じゃねえか」

そう声をかけてきたのは、暴力団対策課の平賀松太郎警部補だ。諸橋も城島も彼のことをよく知っている。

階級は諸橋より下だが、かなり年上なのでタメ口だ。

城島が言った。

「うちの係長は、そう呼ばれると機嫌が悪くなるよ」

「そうか？　誇りに思っていいと思うがな」

彼といっしょにいるのは、ペアの藤田勝巡査部長だ。藤田は三十代半ばだ。

諸橋は尋ねた。

「二人がガサの助っ人なのか？」

平賀がうなずく。

「そうだ。そっちは暴対係が総出か？」

「本部の課長の言いつけだから、逆らえない」

平賀が肩をすくめる。

「災難だな。だが、ガサなんてすぐに終わるよ」

「場所はどこか知ってるか？」

「ああ。聞いている。伊知田の倉庫だろう？」

城島が尋ねた。

「伊知田を知ってるんだな？」

「県内のマルBのことは、だいたいな……。だが、伊知田についてはおそらく、おたくらほど詳しくはない」

諸橋たちを案内したまま、どこかに行っていた牛尾が会議室にやってきて言った。

「捜索差押許可状が下りました。出発します」

平賀が牛尾に言った。

「ガサってのは、段取りが必要なんだが、だいじょうぶかい」

「段取り……？」

「ガサ状を執行する相手がいないんじゃ話にならねえぞ」

「倉庫の管理者が立ち会うことになっています」

「伊知田じゃねえのか？」

「はあ……。管理者が鍵を開けることになっていますが……」

平賀が諸橋に言った。

「じゃあ、問題ないか」

諸橋はうなずいた。

牛尾が言った。

「では、捜査車両に分乗して出かけます」

捜査員たちは会議室を出た。

牛尾が言った捜査車両のうち、一台がマイクロバスで、諸橋たちみなとみらい署の者は全員それに乗り込んだ。

「押収した高級食材は、どうするんだろう」

城島が言った。諸橋はこたえた。

「さあな。取りあえず、証拠品だから県警本部で保管するんじゃないのか?」

「ホタテに蟹だぜ。腐ったらもったいない」

「永田課長に言ってくれ」

城島が窓の外に眼をやって独り言のように言った。

「ああ、蟹食いたいなあ」

午後五時前に倉庫の前に到着した。日没前に着手すれば、陽が沈んだ後も捜索を続けられる。

牛尾が言っていた倉庫の管理者というのは堅気(かたぎ)のようだ。暴対法と排除条例の施行以来、暴力団員は経済活動ができなくなった。

どうやって生きていけばいいのかという、やつらの泣き言がずいぶんと聞こえてきたが、諸橋としては法に則(のっと)って取り締まるしかない。

警察官に文句を言われてもどうしようもない。文句があるなら、法律を作った政治家に言ってほしいと、諸橋は思う。

どんなに法律で締め付けても、世の中からマルBはいなくならない。彼らは地下に潜り、諸橋たちの苦労は増えるのだ。

牛尾が捜索差押許可状を執行し、管理人が鍵を開ける。

勇んで倉庫に踏み込んだ捜査員たちは、その場で立ち尽くすことになった。
倉庫の中に荷物はなかった。

4

その場で牛尾が永田課長に連絡をした。

電話を切った牛尾が言った。

「とにかく、本部に戻れとのことです」

城島が尋ねた。

「俺たちは帰っていいよね？」

「いえ、できればご同行願えれば……」

諸橋は言った。

「係員たちは忙しいんだ。行くのは俺と城島だけでいいだろう」

「え……」

城島が言った。「俺も行くの？」

「いいから、付き合え」

平賀が言った。

「俺たちもか？」

牛尾がこたえる。

「ええ。今後のことも相談したいですし……」

平賀が諸橋を見て言う。

「しょうがねえ。もうしばらく付き合うか」

捜査員たちは車に乗り込み、県警本部に引き上げた。

浜崎たち係員とは、本部の前で別れた。彼らはみなとみらい署に徒歩で戻った。

すぐに永田二課長に呼ばれ、諸橋、城島、平賀、藤田、そして、牛尾の五人が部屋を訪ねた。

永田課長が尋ねた。

「倉庫が空だったというのは、どういうこと？」

牛尾が諸橋を見た。助けを求めるような眼だ。

諸橋はこたえた。

「正確に言うと、倉庫の中にあった冷凍庫が空でした」

「荷物を倉庫に運び込んでいる写真を見ました。あれは、本日未明に撮影されたものですね？」

永田課長の口調がいつもよりよそよそしい。おそらく腹を立てているのだろうと、諸橋は思った。

「はい」

諸橋は質問にこたえた。「午前二時頃のことです」

「運び出しているのではなく、間違いなく倉庫に運び込んでいたんですね？」

それにこたえたのは城島だった。

「ええ、間違いありません。撮影したのは俺です」

「捜索差押許可状の執行は何時？」

永田課長の質問に、牛尾がこたえた。

「午後五時四分です」

「では、その十五時間の間に、荷物が消え失せたということね？」

城島が言った。

「売りさばいちまったんじゃないですかね？」

永田課長が聞き返す。

「売りさばいた……？」

「ええ。取り込み詐欺をやるからには、密売のルートも確保していたんじゃないですか？　なにせ、高級食材だし、鮮度が命でしょう」

「冷凍された食品だったはずです。倉庫には冷凍庫もあったのでしょう？　ならばそんなに急いで荷物をさばくことはないでしょう」

「買い手さえいれば、すぐにでも売ってしまいますよ。詐欺をやるやつらはとにかく現金がほしいんです。あ、これは釈迦に説法ですね」

永田課長はしばらく考えていたが、やがて諸橋に尋ねた。

「どう思います？」

「わかりません」

諸橋は正直にこたえた。「手がかりがないので、何を言っても憶測になります」

永田課長がうなずいた。

「そのとおりです。何があったのかを調べなければなりません」

まあ、そうくるだろうなと、諸橋は思った。二課だけで捜査をしてくれればいいのだが、おそらくそうはいかないだろう。

そのとき、城島が言った。

「憶測ついでに、もうひとこと言わせていただくと……」

「何です?」

「ガサの情報が洩れた恐れもあります」

永田課長が眉をひそめた。

「情報が洩れた……?」

「ええ。まあ、あくまで可能性の話ですが……。だって、そうでしょう。未明に運び込んだかなり大量の荷物が、夕方にはなくなっていた……。いい買い手が見つかったのでなければ、証拠湮滅をしたことも考えられるでしょう」

永田課長は再び考え込んだ。今度はさっきよりも無言の間が長かった。

「このままでは伊知田を逮捕することはできません。午前二時から午後五時の間に、いったい何があったのか、調べてください」

「了解しました」

即座にこたえたのは、牛尾だけだ。

あとの四人は、曖昧にうなずいただけだった。

課長室を出ると、家宅捜索のために待機していた会議室に移動した。

牛尾が言った。

「こちらは、品物の動きを追うので、そちらは、伊知田のことを調べてください」

すると、平賀が言った。

「当たり前のように調べろと言うが、こっちはこっちでやらなきゃならねえ仕事があるんだぜ」

「課長の命令ですよ」

切り口上だ。人付き合いについてはいろいろと反省したようだが、こういう口調が反感を買うのだ。

悪気はないのだろうが、牛尾は人から誤解されやすいタイプのようだ。

案の定、平賀はむっとした様子で言った。

「俺たちの課長じゃねえし」

「もう一息で、伊知田を捕まえられるんです」

「それもさ、詐欺事案だろう？　暴対課の実績になるわけじゃねえ」

「いや、でもそれは……」

牛尾が言葉に窮した。

もともと不器用な男らしく、臨機応変のうけこたえなど苦手のようだ。

城島が言った。

「おい、ヒラさん。そのへんにしときなよ」

すると平賀は、にっと笑った。

「まあ、これくらいは言っておかないとな」

どうやら、牛尾を困らせたかっただけのようだ。本気で抗議したわけではないのだ。

牛尾は、ほっとしたような、むっとしたような複雑な表情になった。

そんな牛尾にはかまわず、平賀が諸橋に言った。

「それで、伊知田だが、これからどうする？」

「とにかく、所在をつかみたい。足取りを追う」

「わかった。それは、みなとみらい署に任せていいな？　俺たちは伊知田の鑑取りだ」

つまり、人間関係を洗うということだ。

諸橋は言った。

「倉庫に荷物を運んでいたのは、カズサ運送という会社だ。伊知田とつながりがあることがわかっている」

「了解だ。そっちも当たってみる。二課さんは、倉庫の周辺に防犯カメラがないか調べてくれ」

「そうだね」

城島が言った。「防犯カメラにカズサ運送のコンテナトラックが映ってたら、品物の行方もわかるかもしれない」

それまでずっと黙っていた藤田が言った。

「つうか、張り込みを続けていたら、それ、わかったんですよね」

城島が右の眉を吊り上げた。藤田の一言に驚いたのだ。

たしかに藤田の言うとおりかもしれない。しかし、荷物を倉庫に運び込む様子を見たときは、そんなことは考えなかった。

平賀が藤田の頭を平手でひっぱたいた。

「今そんなことを言ってどうなる。ああすればよかった、こうすればよかった、なんて言ってる暇があれば、先のことを考えるんだよ」

「あ、すいません」

城島が言う。

「おい、それパワハラだよ。へたすると暴行罪で訴えられるぞ」

部下の頭を叩く職場など、今どきは警察くらいのものだろう。いや、警察でも城島が言うとおり、そういうことが許されない雰囲気になってきた。

学校でも職場でも殴られることが当たり前の時代があったようだが、それに比べれば、今のほうがずっといいに決まっている。

人権は守られなければならない。だが、守られすぎるのも問題があると、諸橋は思っている。

最近の若い警官たちを見ていると、心のバネが弱いという気がする。苦悩やストレスは誰にでも襲いかかる。それをはね返すのが心のバネだ。

その弾力は、心理的負荷に打ち勝つ経験によって養われる。筋肉に負荷をかけるトレーニングと同じことだ。

藤田はひっぱたかれても平気な顔をしている。おそらく、それほど珍しいことではないのだろう。心のバネが鍛えられているのだ。

暴力を振るっていいと言っているのではない。ただ、暴力団を相手にするのが、彼らの仕事なのだから、殴られることにびびっていてはつとまらない。

まあ、それも程度問題で、城島が言ったとおり、へたをすれば社会問題化する。いろいろと面倒な世の中になったものだ。

「じゃあ……」

平賀が言った。「俺たちは、さっそくその運送屋に行ってみるか」

「え……」

城島が目を丸くする。「これから？」

「いけねえか？」

「もう、終業時間を過ぎてるよ」

「刑事に時間なんて関係ない。そうだろう？」

「だからさ……」

城島が笑いを浮かべる。「そういうこと言ってると、厚労省がうるさいよ」

平賀は明らかに古いタイプの刑事だ。そして、城島はそういうのが嫌いではない。

諸橋は言った。

「では、俺たちは署に戻る」

牛尾がうなずいた。

城島が言った。

「こういうときは嘘でも、よろしくお願いしますって言うんだよ」

牛尾が慌てた様子で「よろしくお願いします」と言った。


署に戻ったのは、午後六時二十分頃だった。係員たちはまだ残っていた。諸橋たちの帰りを待っていたのだ。

引き続き、伊知田について調べることを告げると、浜崎が言った。

「了解しました。どこから手を着けます？」

「取り込み詐欺をやっていることは間違いないんだ。いずれ尻尾を出すだろう」

「わかりました。これから、やつのマンションを張りますか？」

すると、城島が言った。

「明日でいいよ。ガサが空振りだったんだ。やつも今日はしてやったりと、ご機嫌だろう」

それを受けて、諸橋も言った。

「俺たちも今日は引き上げる」

浜崎がこたえた。

「了解です。では……」

早めに帰宅できるので、一番うれしそうだったのは八雲だった。マイペースな八雲は、自分の時間が大切なのだろう。

係員たちがいなくなると、城島が言った。

「さて、本当に帰るのか?」

「ああ、帰る。さすがに疲れた」

「そうだな。ガサの空振りはこたえる」

「今日くらいは、ぐっすり眠りたい」

「じゃあ、そのためには、たっぷりと食って飲むことだ。陳さんの店にでも行かないか」

中華街のけっこう高級な店だ。

北京ダックだのフカヒレの姿煮だのを注文するとえらいことになる。

「あんかけチャーハンを食いにいこう。それとビールだ」

諸橋が言うと、城島はうなずいた。

「あの店で、それ以上の選択はあるまい」

二人は、署を出て中華街に向かった。

うまい飯で腹を満たし、一杯だけのつもりだったビールを二杯飲んだ。おかげで、昨夜はぐっすりと寝られた。

係員たちは、すでに出かけている。彼らは、伊知田の足取りを追っている。浜崎たちに任せておけば心配ないと、諸橋は思っていた。

その浜崎から電話があったのは、午前十一時頃のことだ。

「伊知田が姿をくらましたかもしれません」

「どういうことだ?」

「車がないので、どこかに出かけた様子ですが、例の倉庫会社にも行ってないようです」

「田家川組はどうなんだ? あいつは枝だろう?」

「倉持たちに当たらせましたが、そっちにも顔を出した様子はありません」

「何とか足取りをつかめ」

「了解しました」

電話を切ると諸橋は、城島に今の話を伝えた。

「高飛びしやがったかね」

「あり得るな。ガサにびびったのかな……」

「あるいは、ちょっと買い物にでも出かけているのかもしれない。案外、ひょっこり顔を出すんじゃないか」

「おまえは楽観的でいいな」

「俺の取り得だからな」

諸橋はしばらく考えてから言った。

「行きたいところがある」

「俺もそう思っていたところだ。常盤町だろう？」

諸橋はうなずいた。

二人は、常盤町に向かうことにした。


ビルの谷間に、古い日本家屋がある。それほど大きくない一戸建てだが、門構えは立派だ。

板張りの塀に門があり、格子戸がついている。

門から玄関までは、ほんの数歩の距離でしかないが、掃除は行き届いており、打ち水がしてあった。

神風会の神野義治の自宅だ。かつては立派な看板を出していたが、今は神野の表札だけだ。

そういうご時世なのだ。

この組は、今では組長の神野と代貸の岩倉真吾の二人だけだ。

諸橋たちが訪ねていくと、いつもどおり岩倉が出てきた。

「ごくろうさまです」

城島が言う。

「よう。とっつぁん、いるかい？」

「お待ちください」

岩倉が奥に引っ込んでほどなく、神野が顔を出した。

「これは、ダンナがた、どうぞお上がりください」

諸橋はこたえた。

「いや。ここでいい」

「そうおっしゃらずに……。お客に茶の一つもお出ししなかったとあっちゃ、この神野の恥(はじ)になります」

この押し問答はいつものことだ。

「ここでいいと言ってるんだ」

「じゃあ、ここに茶を運ばせます」

「それもいい。訊(き)きたいことがあって来たんだ」

神野はようやく諸橋たちを自宅に招き入れることを諦め、言った。

「ほう。私にお訊きになりたいことというのは何でしょう」

「伊知田のことだ」

「伊知田琢治(たくじ)ですか？」

「そうだ。何か聞いてるか？」

「やつが持っている倉庫を、警察がお調べになったそうですね」

「誰に聞いた」

「私だって新聞くらい読みますよ」

「ガサは空振りだった」

「へえ、そうなんですね」

神野は目を丸くした。「新聞には、家宅捜索をしたとしか書いてありませんでしたね。そうですか。空振りですか」

この言葉を額面どおり受け取るわけにはいかない。神野はどうせ、家宅捜索の結果を知っていたに違いない。

「朝から、マンションにやつの車がなく、行き先がわからない」

「朝からって、まだ午前中ですよ」

城島が言った。

「高飛びしたのかね……」

「はあ、高飛びですか……」

「俺たちはね、どうしてガサが失敗したか、それがわからなくてね。情報が洩れた可能性もあると、俺は考えているんだ」

神野がスキンヘッドをつるりと撫でた。

「申し訳ございませんが、私は何も存じませんねえ」

城島が落胆した顔をしてみせた。

「そうかあ……。知らないか」

諸橋が言った。

「今日はこれで引き上げるが、次に来るときには、何か耳寄りな話を聞かせてくれ」

「はい。そう心がけます」

諸橋は踵を返して、玄関をあとにした。

門を出ると、城島が言った。

「とっつぁん、興味ありげだったね」

「ああ」

諸橋は言った。「きっと何か調べ出すだろう」

二人は、みなとみらい署に向かった。

5

笹本康平が訪ねてきたのは、その日の午後二時頃のことだった。誰とでもうまくやれる城島が、珍しく歓迎しない相手の一人だ。

笹本は、県警本部の監察官だ。キャリアの警視なのだが、なぜかなかなか異動せずに、ずっと神奈川県警の警務部監察官室にいる。

どうやら、本人がそれを強く希望しているらしい。非違行為を取り締まるのが役目だから、当然身内から嫌われる。

笹本は、諸橋をマークしているのだと言う者もいる。マルBに容赦のない諸橋は、とかくやり過ぎる傾向がある。笹本はそこに眼をつけたわけだ。

城島が彼を敬遠している理由はその辺にあるようだ。

監察官に睨まれているというだけで、多少は憂鬱な気分になる。だから、笹本の顔を見ても、諸橋は黙っていた。

代わりに城島が言った。

「あんたがここに来るってことは、どうせろくな話じゃないな」

笹本がこたえた。

「訊きたいことがあってやってきた」

城島が聞き返す。

「俺たち、何かの嫌疑をかけられているってわけ？」

「もしそうなら、私のほうから足を運んだりはしない。監察官室に呼び出す」

諸橋は言った。

「それで……？」

「家宅捜索が空振りだった件だ」

「どうして監察が、家宅捜索のことを……」

諸橋は、そこまで言って気づいた。「情報が洩れたかもしれないということについてだな？」

笹本は無表情のままこたえた。

「内部から情報が洩れているかもしれないと言ったのは、城島係長補佐だと聞いている」

城島が言った。

「それがどうした？　まさか、俺たちを疑っているんじゃないだろうな」

笹本は平然と言った。

「現時点では、事案に関わったすべての人物に犯行の可能性があると考えている」

「犯行というのは、伊知田にガサの情報を洩らしたことか？」

「そう」

「何で俺たちがそんなことをしなけりゃならないんだ？」

「それをこれからうかがいたい」

城島があきれたような顔で笹本を見ていた。

諸橋は言った。

「伊知田の行方がまだわかっていない。そんなことに時間を取られたくないんだがな」

笹本は、諸橋の言うことにはかまわずに言った。

「城島係長補佐から話をうかがおう」

諸橋は、眉をひそめた。

「一人ひとり話を聞くのか？　二人いっしょでいいだろう。ここで話をすれば、それだけ手間が省ける」

「被疑者や参考人の尋問は、個別にやるだろう？」

城島が、ふんと鼻で笑って言った。

「俺たちは、被疑者かよ」

「そうなる恐れは充分にある」

「ふざけてもらっちゃ困るな」

城島が言う。「俺たちは、本部の捜査二課に頼まれて助っ人をやっただけだ。マルBに情報を洩らす理由はない」

「暴力団員に情報を洩らす理由はない……？」

笹本が鸚鵡返しに言う。城島がそれを茶化すように言う。

「そうだよ。それがどうしたって言うんだ」

「その点が問題だという声もある」

「問題？」

城島が尋ねる。「何言ってんのか、さっぱりわからないね」

「あなたたちは、暴力団員と近しい関係にあるようだ」

「当然だろう。マルBを取り締まるのが仕事だからな」

「だからといって、接近しすぎるのは問題だ。そう指摘する者もいる」

諸橋は言った。

「何のことを言っているのか、わかった気がする」

笹本が言った。

「午前中に神風会の神野に会いにいっただろう」

「情報を得るためだ。神野は情報源の一人だからな」

「そのへんのことも、詳しく聞かせてもらおう」

どうやら逃げられそうにない。諸橋は言った。

「どこで話をするんだ？　まさか、取調室じゃないだろうな」

「私はどこでもかまわない」

「小会議室が空いていれば、そこに行こう」

「空いているかどうか確認してくれ」

「あんたの用だろう？　あんたが確認すればいい」

「所轄のことはよくわからない。どこに訊けばいいんだ？」

「刑事総務係だ」

笹本はそちらに歩いていった。

普通は本部から来た人間にこんなことは言わない。せめてもの抵抗だ。

笹本が戻ってきて言った。

「空いているそうだ。じゃあ、始めよう」

城島とともに小会議室に向かった。


十五分ほどすると、城島が戻ってきた。

諸橋は言った。

「思ったより早かったな」

「おまえの番だよ」

諸橋は溜め息をついてから席を立ち、小会議室に向かった。

小会議室には部屋の中央にテーブルがある。それを挟んで、笹本と向かい合って座った。諸橋は言った。

「俺たちが神野に会うことを、問題視しているってのは誰のことだ？」

笹本は一瞬、驚いたような顔になって言った。

「質問するのは、私のほうだ」

諸橋は引かなかった。

「県警本部長には以前、ちゃんと説明した。そして、納得してもらったはずだ」

「本部長じゃない」

「じゃあ、誰なんだ？」

笹本は、険しい顔になって言った。

「その質問にはこたえられない。では、私の質問を始める。倉庫の捜索を裁判所が許可する根拠となったのは、あなたがたが撮影した画像だということだが、それは事実か？」

「ああ。事実だ」

「いつ撮影した？」

「昨日の未明だ。午前二時頃だったな」

「その後の行動は？」

「捜査二課の永田課長の指示に従った。画像を県警本部に届けた」

「カメラに入っていたデータカードを渡したということだな？」

「そうだ」

「誰に渡した？」

「宿直の係員だ。名前は聞いていない。その場でいっしょに画像をチェックした」

「名前は聞いておくべきだったな」

諸橋はむっとして言った。

「宿直に渡せと言われたから渡したんだ。その日の宿直を調べて、俺たちに会ったかどうかを訊けば済む話だろう」

笹本は相槌も打たず、質問を続けた。

「その後は？」

「帰った。城島を途中で下ろした」

「途中で下ろした？　車で帰ったということか？　タクシーか？」

「張り込みに使っていた捜査車両だ」

「署の車は、帰宅前に返還すべきだ。それに乗って帰ったのは、服務規程違反になるかもしれない」

「夜中の三時だぞ。それくらい許されるんじゃないのか？」

そのまま車で帰ろうと言ったのは城島だったが、それを笹本に言うつもりはなかった。

「まあ、この際、車については問わない」

「そいつはありがたいね」

「運転していたのはどちらだ？」

「俺だ」

「車に乗っている間、城島係長補佐は、電話で誰かと連絡を取らなかったか？」

「誰かというのは、伊知田のことか？」

「誰かだ」

「いや、電話はかけていない」

「あなたは、帰宅してから誰かに電話をしていないか？」

「していない」

「メールなどは？」

「していない」

笹本はうなずいてから言った。

「電話の通話記録を確認させてもらえるか？」

痛くもない腹を探られて、諸橋は不愉快だった。だが、逆らったところで得はない。

「調べたければ、調べればいい」

諸橋は携帯電話を取り出して、テーブルの上に置いた。

「使っている携帯電話はこれだけか？」

「ああ。そうだ」

笹本は携帯電話に手を伸ばした。

諸橋は尋ねた。

「城島の電話も取り上げたのか？」

「取り上げたわけじゃない。確認が取れたらすぐに返す」

「他に訊きたいことは？」

「心当たりはないか？」

「捜索の情報を伊知田に洩らしたやつの心当たりということか？」

「そうだ」

「ない」

笹本は再びうなずいた。

諸橋は席を立った。


笹本が去ると、城島が言った。

「あいつ、本気かな……」

「笹本か？　本気ってどういう意味だ？」

「本気で俺たちのことを疑っているのかってことさ」

城島はいつものソファだ。

諸橋は肩をすくめた。

「あいつはいつだって本気だろう」

「ばかだよなあ。俺たちが伊知田に情報を洩らしたって何の得にもならないんだ。ちょっと考えればわかりそうなもんだ」

「俺たちが神野に会いにいったのは事実だ」

「だからって、俺たちが伊知田と癒着（ゆちゃく）しているかもしれないってのは言いがかりだろう」

「警察の捜査なんて、半分くらいは言いがかりみたいなものだ」

「身も蓋もないこと言うなよ」

「笹本も言っていたが、そもそも情報が洩れていた恐れがあると言い出したのはおまえだ」

「そうだが、まさか自分たちが疑われるとは思ってもいなかったよ」

「じゃあ、誰が洩らしたと思ったんだ？」

城島が一瞬黙った。

「問題はそれだよ。ガサの情報を知っていたのは、俺たちと捜査二課の連中、そして、暴対課の平賀と藤田……。その中の誰かが洩らしたということだよな」

諸橋はしばらく考えてから言った。

「荷物を運び出す段取りと作業の時間が必要だ。つまり、伊知田はかなり早い段階でガサのことを知っていたということになるが……」

「何だよ……」

城島があきれたように言った。「俺たちがこんなことを考える必要はないな。笹本に考えさせておけばいいんだ」

諸橋はうなずいた。

「たしかにそのとおりだな」

笹本に取り上げられた諸橋と城島の携帯電話は、午後三時過ぎに戻ってきた。それを受け取るとき、笹本のことを思い出して、また腹が立ってきた。

「伊知田の行方は、まだわかりませんね」

午後四時半頃に署に戻ってきた浜崎が言った。彼は、日下部と組んで聞き込みに回っていた。

「やつの車は？」

「手配してますが、まだ見つかっていません。車で遠出したということも考えられます」

城島が言った。

「ガサのときには、すでに姿をくらましていたということかね……」

諸橋はこたえた。

「荷物をどこかに移動させたんだ。自宅マンションでぼうっとしているとは思えないな」

「だとすると、逃走したのは、昨日の午後五時四分より前ということになる」

捜索差押許可状を執行したのが、午後五時四分だ。そのときにはすでに、伊知田は姿を消していたということだ。

浜崎が言った。

「ナンバーはわかっていますから、本部に頼んでNシステムを使ってみたらどうでしょう？」

Nシステムは、自動車ナンバー自動読取装置のことだ。道路にカメラを設置して、通行する車のナンバーを自動的に読み取る。そのデータベースだ。

城島が言った。

「だったら、捜査二課に任せたほうがいいんじゃない？」

諸橋はしばらく考えてから、係員たちに尋ねた。

「周辺の聞き込みでも、足取りがつかめないんだな？」

浜崎が無言でうなずく。

倉持が言った。

「こっちも手がかりなしです。田家川組の組員によると、ここ二週間ほど姿を見ていないということです」

「二週間……」

城島が意外そうな声を上げた。「上部団体にそんな不義理をしているってことか」

浜崎が言った。

「シノギがたいへんなんでしょう。ヤクザの羽振りがよかった時代とは違いますよ」

諸橋は「わかった」と言って、警電の受話器を取った。県警本部の捜査第二課にかける。

そして、永田課長を呼び出した。

「どうしました？」

口調からとげとげしさがなくなっている。怒りは収まったのだろうか。

「伊知田は自家用車で市外に向かったと思われます。こちらでは足取りがつかめません。Nシステムを使ってはどうでしょう」

「みんなNのことを、魔法のように言うけれど、ヒットするとは限らないのよ」

「今のところ、他に手がかりがありません。幸い、伊知田の自家用車の車種やナンバーがわかっていますから……」

「それを教えてください」

諸橋は、浜崎に尋ねた。浜崎がすぐさまメモをよこす。それを永田課長に伝えた。

「わかりました。赤のメルセデス……」

「はい」

「目立ちそうね」

「どうでしょう」

赤い車はそう珍しくはない。

「わかった。調べてみます。そちらは、暴対課と連絡を取ってみてください」

「暴対課？　平賀さんですか？」

「そう。カズサ運送を調べたようだから、情報を共有しておいてください」

「了解しました」

電話が切れた。

諸橋は続いて、組対本部の暴力団対策課にかけて、平賀を呼び出してもらった。

「おう、ハマの用心棒か」

「だから、そう呼ばれるのは嫌なんだ」

「伊知田はどうだ？」

「見つからない。お手上げなんで、捜査二課にNシステムを使うよう頼んだ。課長に、そちらと連絡を取れと言われた。カズサ運送はどうだ？」

「びびってるなあ。まあ、マルBと付き合うとたいていそうなるけどな」

「しゃべらないのか？」

「社長が出張だとか言って、まだ会えずにいる」

「帰りはいつだ？」

「ふん。出張なんて嘘だよ。どこかに隠れていやがるんだ。これから行っていぶり出してやろうと思うんだが、いっしょに来るか？」

「行ってみよう」

「車、ないんだろう？」

「ああ。張り込みに使っていた車は返却した」

「じゃあ、署に寄って拾って行くよ。十分後に署の前で」

「助かる。じゃあ」

諸橋は電話を切った。


平賀たちの車は、約束の時間きっかりにやってきた。藤田が運転している。

諸橋と城島は後部座席に乗り込んだ。助手席の平賀が、振り向かないまま言った。

「カズサ運送は、神奈川区栄町にある」

城島が言った。

「へえ。さすがは県警本部だ。車が使えるんだな」

平賀がこたえる。

「人徳だよ」

諸橋は尋ねた。

「社長は出張だと言い張っているんだろう？」

「マル暴刑事が四人も訪ねていきゃあ、向こうだってさすがに慌てるだろう」

「だといいがな」

「だいじょうぶだよ」

「うちの城島も楽観主義者だが、あんたもかなりなものだな」

平賀は何も言わなかったが、肩が動いたことで、彼が笑ったことがわかった。

カズサ運送は小さな会社だった。二階建ての粗末な建物の前に、コンテナトラックが三台駐車していた。

そのうちの一台を指さして、城島が言った。

「伊知田の倉庫の前に停まっていた車だな」

諸橋は尋ねた。

「確かか？」

「間違いない」

建物の一階が事務所になっていた。そこを訪ねると、男性が二人に女性が一人いた。年配の男性が平賀を見て言った。

「刑事さん、またですか」

迷惑そうな顔をしている。そんな顔をしても刑事は気にしたりはしないということをわからせなければならないと、諸橋は思った。

平賀が言った。

「すいませんねえ。でも、社長に会わないわけにはいかないんですよ」

「ですから、出張だと言ってるでしょう」

「どこに出張なんです？　教えてくれたら、我々はそちらを訪ねますよ」

「それは迷惑ですね」

「迷惑は百も承知です」

相手の男は、諸橋と城島を気にしている様子だ。平賀が言った。

「ああ、この二人も警察官ですよ。こっちの人はね、ハマの用心棒と呼ばれていましてね。ヤクザも逃げ出すほどおっかない刑事です」

「ヤクザも逃げ出す……？」

男は聞き返し、平賀がこたえた。

「そう。嘘や誇張じゃないですよ」

男が諸橋を見た。

6

いつもなら、こういう言い方をされると否定するのだが、今は利用することにした。平賀はそれを求めているのだ。

諸橋は凄(すご)みを利かせて尋ねた。

「伊知田琢治を知ってますね？」

相手の男の顔色が悪くなる。

「さあ……」

「あんた、何者です？」

「あ、営業部長の高村(たかむら)といいます」

「高村さん。警察相手に嘘を言うと、面倒なことになりますよ」

高村の顔色が、ますます悪くなる。このあたりで誰か救いの手を差し伸べなければならない。

諸橋がそう思ったとき、城島が言った。

「あなたは知らなくても、社長が知っているかもしれない。そうでしょう？」

絶妙のタイミングだ。

高村が言った。

「そうかもしれませんが……」

　すかさず平賀が言う。

「出張しているんでしたね。もしかして、もうお帰りなんじゃないですか？」

「いや……。そんなことは……」

　諸橋は攻めた。

「伊知田の倉庫に、蟹やらホタテやらの高級食材を運び込んだり、持ち出したりしたのはおたくでしょう？　その食材はね、詐取されたもんなんだ」

「サシュ……？」

「つまり、詐欺で手に入れたってことです。このままだと、おたくの会社がその罪を全部かぶることになりますよ」

　高村の顔色がまた悪くなる。

　平賀が言った。

「だからさ、社長と話をさせてよ。そうすりゃ、こっちも考えるから……」

　高村はおろおろと、二人の社員の顔を見た。彼らは何も言わない。

　やがて、高村が意を決したように言う。

「ちょっと待ってください」

　彼は携帯電話を取り出して誰かにかけた。おそらく社長だろう。

　待っていると、高村が電話を切って言った。

「二階でお待ちください。十分ほどで社長が来ます」

二階に社長室があり、そこが応接室を兼ねているようだった。四人の刑事は、ソファに座って待った。

「見事なヒールぶりじゃねえか」

平賀が諸橋に言った。ヒールというのは、プロレスの悪役のことだ。

「その役を俺に振ったのは、あんただ」

平賀が笑った。そこに、社長の加津佐豊秀がやってきた。

五十代前半の加津佐社長は、見るからに精力的なタイプだった。日に焼けていて、肌の色艶もいい。多少太り気味だが、年齢を考えれば、かなりいい体格だ。

彼は、ソファに座るなり言った。

「伊知田の倉庫のことだそうですね？」

平賀がうなずいて言った。

「荷物を運びましたね？」

「それが仕事ですからね」

「運んだ物が何だかご存じですね？」

「もちろん知ってますよ。冷凍の蟹やホタテです」

「そういうことではなく、詐取された品物だったということです」

「そんなことは知りません。依頼されれば運ぶ。それが私らの仕事です」

「昨日未明の午前二時頃、伊知田の倉庫に荷を運びましたね」

「どうでしょうね」

城島が言った。

「間違いないですよ。俺がこの眼で見てますからね」

加津佐が城島と平賀を交互に見て言う。

「それがどうしたと言うんです？　何時に仕事をしようが、あなたがたに関係ないでしょう。それともナンですか？　夜中に荷物を運んだら罪になるんですか？」

諸橋は、ヒールを続けることにした。

「埒が明かない」

平賀に言う。「もういい。詐欺の共犯でこいつをしょっ引く」

加津佐が諸橋に言った。

「詐欺って何の話ですか。うちの会社は関係ありませんよ」

諸橋は加津佐を睨みつけて言った。

「おまえらが運んだ品物は詐欺で手に入れたものだと言っただろう。運び込んでおいて、その日のうちにそれをさばいたんだ。つまり、おまえらが品物を現金化したってことだ。おまえを逮捕して、会社にガサをかける」

マルBたちと対等に渡り合う眼力だ。それなりの効き目があると自覚している。

案の定、加津佐が落ち着きをなくした。

諸橋はさらに攻めた。

「伊知田を匿っているんだろう。だったら、伊知田の分まで罪をかぶることだな」

加津佐は救いを求めるように、平賀や城島を見た。だが、二人は何も言わなかった。

諸橋は立ち上がって言った。

「さあ、署まで来てもらおう。逮捕状は署で執行する」

加津佐は、諸橋を見上げて何を言おうか考えている様子だ。

平賀が諸橋に言った。

「まあ、しょうがねえな。あんたには逆らえない」

平賀が立ち上がると、加津佐が言った。

「待ってくれ」

諸橋が言う。

「待てないな。さあ、署まで来るんだ。さっさとしろ」

「いや、そういうことじゃないんだ」

諸橋と平賀が冷ややかに加津佐を見下ろしている。

城島が言う。

「まあ、二人とも、そう焦ることはないじゃないか」

加津佐が城島を見た。城島が加津佐に眼を移して言う。「何か話があるんじゃないのか?」

諸橋は言った。

「今さら話を聞いてくれなんて、虫がよすぎないか」

城島が言う。

「いいから、とにかく座れ」

平賀が先に腰を下ろした。それを見て諸橋は、おもむろに座った。

城島が加津佐に尋ねた。

「伊知田の荷物を運んだんだね?」

加津佐は、すっかり弱気になった様子でこたえた。

「運びました」

「詐欺で手に入れた品物だということを知っていたわけ?」

「いや、それは……」

加津佐は訴えかけるように城島を見て言ったが、思い直したように眼を伏せた。「実は、怪しい荷物だってことは薄々気づいていました」

「詐欺に加担していたわけじゃないということ?」

加津佐は、ぶるぶるとかぶりを振った。

「私らは、言われたとおりに荷物を運んだだけです。ただ……」

「ただ?」

「急な話が多かったし、妙な時間帯に運ぶように指示されるので、怪しいなとは思っていました」

「だけど、言われたとおりに運んだわけだね」

「それが仕事ですし、相手が相手ですから……」

「脅かされたということ？」

「具体的に脅しの言葉があったわけじゃないです。でも……。わかるでしょう？　ああいうやつらは、親しげに振る舞っていても、眼が笑っていないんですよ。逆らうことなんてできません」

利口なマルＢは、乱暴なことはしない。ただ、加津佐が言うとおり、逆らうことは許さない。

にこにこ笑いながら刃物で刺したり、腕を折ったりする。加津佐はそれを知っているので、命じられた仕事をするしかなかったのだ。

諸橋は黙って話を聞いていた。もうヒールをやる必要はない。

城島が質問を続ける。

「そもそも、どうして伊知田と知り合ったんだい？」

「うちはご覧のとおりの弱小運送屋です。いつも経営は苦しいんですが、あるときついに金が回らなくなりまして……。従業員の給料も、車の燃料代も払えなくなった。これはいよいよ倒産かというときに、でかい仕事が舞い込みました」

「その仕事を発注したのが、伊知田だということ？」

「そうです。ぽんと前金で百万円くれました。倒産しかかっている会社にとって、百万のゲンナマがどんなにありがたいか……」

「それ以来の付き合いなんだね？」

「はい。多少無理なことは言われますが、金になることは間違いないんで……」

「伊知田が何者か知らなかったわけ？」

「最初から怪しいやつだと思っていましたが、なにせ金が必要でした。その後、ヤクザ者だとわかったんですが、あいつのお陰で会社を立て直すこともできましたし……」

「犯罪だと知っていて、続けたんだね」

「知っていたわけじゃありません。どうせ、よこしまな品物だとは思っていましたが、詮索はしないことにしたんです。私らは、ただ荷物を運ぶのが仕事。それだけを考えようとしていました」

城島が平賀のほうを見た。

平賀が加津佐に質問した。

「その伊知田だが、今どこにいるか知らないか？」

「知りません」

「そうか」

ずいぶんあっさりしているなと、諸橋は感じた。もっと追及してもよさそうなものだが……。

平賀なりに加津佐は嘘をついていないと感じ取ったのだろうか。

「伊知田の荷物は、いつ倉庫から運び出したんだ？」

「昨日の午前十時過ぎです」

「伊知田から連絡があったのか？」

「はい。十時頃電話があって、すぐに荷物を運べと言われました」

「運び先は？」

加津佐は、三ヵ所の名前を言った。いずれも、チェーン展開している飲食店だ。レストランチェーンが一軒に、居酒屋チェーンが二軒。それぞれの本部に荷物を運んだという。

本来ならば、高級料亭などに高値で売るつもりだったのだろうが、伊知田は急いで品物をさばく必要があったのだろう。手っ取り早く買ってくれるところを探したのだ。

平賀はうなずいて言った。

「わかった。ご協力、感謝しますよ」

諸橋は驚いた。これは引き上げるときの挨拶だ。

加津佐も意外そうな顔をしている。

「あの……。話は終わりですか？」

平賀がこたえる。

「今日のところはね」

「私は、何か罪に問われるのでしょうか？」

「うーん」

平賀が天井を仰ぐ。「そうだなあ……。詐欺の共犯ということもできるけど、実際は暴力団員に強要されていたわけだからなあ……」

それで会社を立て直したことは事実なのだ。利害関係はあったわけだ。罪を問おうと思えばできる。

だが、平賀にはその気はなさそうだった。

ヒールとしてはひとこと言うべきかとも思ったが、黙っていることにした。

平賀が言った。

「ま、今日のところは黙って引き上げるよ」

その言葉どおり、平賀は席を立ち、社長室を出た。諸橋と城島は、黙ってそのあとに続いた。

車に戻ると、諸橋は平賀に尋ねた。

「せっかくなんだから、もっと粘ればよかったのに」

助手席の平賀は、前を見たままこたえる。

「あいつは何も知らないよ」

「伊知田が悪事を働いていることは知っていたはずだ」

「知っていたわけじゃない。そう思っていただけだと言っていただろう」

「それを、額面どおり受け止めるのか?」

「信じて悪い理由はない。加津佐は、会社を存続させようと必死だった。それは悪いことじゃない」

「それを伊知田に利用されたんだ」

「そうだな。だから、悪いのは伊知田であって、加津佐じゃない」

「それはそうだが……」

「加津佐が品物を運んだ先を、永田課長に知らせたほうがいいんじゃないのか?」

そう言われて、平賀との話は終わりにすることにした。携帯電話を取り出して、永田課長にかけた。

「倉庫から荷物を運び出したのは、カズサ運送でした。運び先もわかりました」

そして諸橋は、三つの飲食店チェーンの名前を伝えた。

「わかりました。そちらの調べは、私たちでやっておきます」

「Nはどうです?」

「ヒットしなかった。まさか、Nシステムを避けて逃走したということはないわよね?」

「たまたまだと思いますが……」

そこまで言って、諸橋は考えた。「まあ、マルBのことだから、わかりませんね。やつらは、いわば情報産業ですから。Nシステムのカメラの場所くらい知っているかもしれません」

「引き続き、伊知田の行方を追ってください」

「了解しました」

電話を切ると、城島が言った。

「なかなかいいコンビネーションだったな」

「何の話だ?」

「おまえがヒールで、俺がベビーフェイス。これから、これでいこうか?」

返事をする気にもなれなかった。

加津佐を脅したのは、後味が悪い。マルBに脅しをかけるのとは訳が違う。もう二度と悪役はごめんだと思った。

諸橋の代わりに、平賀が言った。

「諸橋係長は、ヒールという柄じゃない。今日は俺に花を持たせてくれたんだ」

城島が言った。

「そうかな。凄みがあってよかったんだけどな……」

いつしか車は、みなとみらいに近づいている。

ハンドルを握る藤田が尋ねた。

「どうします? 署でよろしいですか?」

時計を見た諸橋はこたえた。

「ああ、それでいい」

時刻は、午後七時二十分だった。

みなとみらい署の玄関で車を降り、平賀と藤田に送ってもらった礼を言った。車が走り去るのを見送り、諸橋と城島は暴対係に戻った。

浜崎以下四人の係員は、まだ残っていた。

諸橋は言った。

「別に俺たちを待っている必要などないんだぞ」

「ほらね」

八雲が浜崎に言った。「帰ってもよかったんだよ」

浜崎が八雲を無視して、諸橋に言った。

「運送屋の件を聞きたかったんです」

諸橋は、加津佐の話を伝えた。

すると、浜崎が言った。

「へえ……。身柄取らなかったんですか？」

「平賀は必要ないと考えたようだ」

八雲が言う。

「監視してないんですか？」

諸橋は思わず聞き返した。

「監視……？」

「身柄を取らないということは、泳がせたいわけでしょう？　伊知田と連絡を取るかもしれないし……。だったら、見張ってないと……」

八雲が言うことはもっともだ。

「平賀に何か考えがあるのかもしれない」

「どんな考えですか？」

「それは、俺にはわからない」

八雲はまだ何か言いたそうにしていたが、そのとき、城島が言った。

「さあ、もう今日はいいだろう。みんな、帰ろうぜ。俺は腹が減った」

諸橋にも異存はなかった。係員たちは立ち上がった。


翌日の午前十時頃、また笹本がやってきた。城島はいつものソファだ。

諸橋は、笹本に言った。

「まだ何か用があるのか？」

城島が言った。

「俺たちのどちらかを逮捕しに来たんじゃないだろうな」

笹本は、それにはこたえずに、質問してきた。

「暴力団対策課の平賀を知っているな？」

諸橋は城島と顔を見合わせた。

「知っている」

諸橋がこたえると、笹本が言った。

「平賀について、話を聞きたい」

こいつは、平賀を疑っているというのか。
諸橋はまた、不愉快な気分になっていた。

7

大人げないとは思うが、とても素直になれない。諸橋は笹本に言った。

「話すことなどないな」

笹本がこたえる。

「そうはいかない。これは、監察官としての正式な要請だ」

城島が言った。

「正式だか何だか知らないが、強制捜査できるわけじゃないだろう」

「捜査ではない。監察だ。だから、強制力はある」

笹本が言うことは本当なのだろうか。諸橋にはよくわからない。たぶん、本当なのだろう。

「あんたはどうか知らないが、俺たちは仲間を疑うことはしない」

「疑うべき合理的な理由があるとしたら、話は違ってくるはずだ」

笹本はあくまで冷静な態度だ。それがまた癪に障る。

だが、ここでいくら抵抗してもおそらく無駄なのだろう。

諸橋は言った。

「また別々に話を聞くのか？」

笹本はかぶりを振った。

「その必要はないと思う」

諸橋は城島を見た。城島は、肩をすくめて見せた。「おまえに任せる」と言っているのだ。

諸橋は言った。

「手短に頼む」

「事前に、刑事総務係に言って昨日の部屋を押さえている」

そう言って笹本は、先に歩き出した。

ついていくしかなかった。

小会議室に入ると、笹本は昨日と同じ席に座った。諸橋と城島が並んで座る。

諸橋は言った。

「平賀の何が聞きたいというんだ?」

すると、笹本が言った。

「単刀直入に言う。伊知田という暴力団員に、家宅捜索の情報を洩らしたのは、平賀かもしれないと疑っている」

平然と言ってのける笹本に怒りが募る。諸橋は言った。

「何か根拠があって言ってるのだろうな」

「もちろん、確証があるわけではない。単なる疑いで済めばいいと、私も思っている。そこで、二人に訊きたい。何か、思い当たる節はないか、と」

諸橋はこたえた。

「思い当たる節などない」

「城島係長補佐はどうだ？」

「ないよ」

諸橋は言った。

「だいたい、どうして平賀を疑っているんだ？　その理由が知りたい」

すると、笹本は逆に質問してきた。

「家宅捜索の日時を知っていたのは誰だ？」

「まず、捜査二課の連中だ。そして、俺と城島、うちの係員。それに暴対課の平賀と藤田」

「あなたたちは、情報を洩らしてはいないと言った」

「当然だ」

「だとしたら、残るは捜査二課と暴対課の二人。そうだろう」

消去法できたか。

「俺たちが犯人じゃないと納得したということだな」

「結論を出したわけじゃない」

「二課の連中には話を聞いたのか？」

「まだだ。だが、調べるつもりだ」

「特に、平賀だけを疑っているわけじゃないということだな」

「蓋然性の問題だ。二課の面々は伊知田とつながりはない。だから、そちらから情報が洩れたとは思えない。家宅捜索は二課が言い出したことだしな」

諸橋は考えた。

「たしかに、平賀は伊知田のことを知っていた。それは当たり前のことだ。マル暴なんだから
な」

「平賀は以前から、暴力団員に近づき過ぎる嫌いがある。まあ、それはあなたがた二人も同様
だが」

「それが仕事なんだ」

城島が言った。「マルBから情報を取ってナンボなんだよ」

笹本はその言葉をあっさり無視して、質問を続けた。

「昨日、平賀と行動を共にしていたそうだな」

「どこからそういうことを調べ出すんだ？」

「永田課長から聞いた」

「ああ、そのとおりだ」

「どこに行っていた？」

「そんなことを、あんたに報告しなければならないのか」

無駄な抵抗だと知りながら、つい反発してしまう。笹本は涼しい顔で言った。

「聞いておく必要がある」

「カズサ運送という会社だ」

「何のために？」

「伊知田の荷物を運んだのがその運送会社だからだ」

「伊知田が詐取した品物ということだな？」

「そうだ。伊知田の倉庫に運び込んだのも、運び出したのもカズサ運送だ。社長の加津佐に、平賀といっしょに話を聞いた」

　諸橋は即座にこたえた。

「そのとき、何か気になることなどはなかったか？」

「なかった」

　すると、城島が言った。

「見事なヒール振りだった」

　笹本が怪訝（けげん）そうな顔をする。

「ヒール振り……？」

「係長がさ。怖い刑事とものわかりのいい刑事のコンビネーションがうまくいった」

　余計なことは言わなくていい。そう思いながら城島の顔を見た。もちろん、城島は平気な顔だ。

　笹本が城島に尋ねた。

「あなたは、何か気づいたことは？」

　城島がこたえた。

「気づいたことなどないな。いつもやっている聞き込みだ。特に変わったことはなかった」

笹本がうなずいた。

「ご協力、感謝します」

諸橋は尋ねた。

「もういいんだな？」

「はい」

「これで、平賀についての質問は終わりだってことだな？」

「今日のところは……。この先はわかりません」

諸橋は立ち上がり、部屋を出た。


笹本が去ると、城島が係長席の隣のソファにやってきて言った。

「平賀のことだが、本当に気になることがなかったのか？」

「笹本に言う必要はないと思っただけだ」

「あるんだな？」

「加津佐への追及が、妙にあっさりしていると思った」

「おまえ、それ、平賀本人に言ってたよな。もっと追及できたんじゃないかって……」

「そう感じたんだ。だが、平賀はそう思っていないようだった」

「だから、悪いのは伊知田であって、加津佐じゃない。そんなことを言ってたよね。まあ、それって正論なんだけど……」

「それに、八雲の言葉が妙に気になった」

「八雲の言葉……？」

「監視していないのかという一言だ。たしかに、身柄を拘束しないのなら監視すべきだった。八雲が言うとおり、伊知田と接触する可能性がないわけじゃない」

「おまえは、平賀に何か考えがあるかもしれないって言ってたな」

「言った。だが、その平賀の考えが何なのかはわからない」

　書類仕事を始めようと、諸橋はパソコンを立ち上げた。すると、机上の警電が鳴った。

「はい、諸橋」

「平賀だ」

　このタイミングで電話が来ると、どきりとする。別に、平賀に対して悪いことをしているわけではないのだが……。

「どうした？」

「伊知田の車が見つかった。東戸塚駅の東側だ」

「伊知田は？」

「車だけだ。今こっちには俺と藤田しかいない。手を貸してくれ」

「戸塚署の管轄だろう」

「伊知田は俺たちの事案だ。戸塚署には断りを入れておく」

「わかった。係員に集合をかけて、そちらに向かう」

「頼む」

電話が切れると、諸橋は浜崎の携帯電話にかけた。

「はい。何です、係長」

「係員全員、東戸塚駅の東口に来るように言ってくれ。伊知田の車が見つかったということだ」

「了解しました」

浜崎は、管轄外だとか面倒なことは言わない。諸橋の指示には疑問を差し挟まず、即座に従う。

何かクレームをつけるやつがいるとしたら、八雲だ。そして、浜崎はやはりごちゃごちゃ言わずに、八雲を引っぱってくるだろう。

城島が諸橋に尋ねた。

「何があった？」

事情を説明すると、城島は「よっこらしょ」と声を上げてソファから立ち上がった。

「平賀はちゃんと仕事をしてるじゃないか」

二人は、東戸塚駅に向かった。

赤いベンツは、駅前のロータリーに路上駐車していた。

東戸塚駅東口には二階にも出入り口があり、その先は大きな歩道橋になっている。待ち合わせ場所はその二階出入り口だった。諸橋たちは、係員たちの到着を待って、階段で地上のロータリーに降りた。

平賀が、赤いベンツを少し離れた場所から眺めていた。そばに藤田がいる。

諸橋は彼らに近づき、言った。

「伊知田は？」

「まだ見つかっていない」

「車はいつごろからあるんだろうな」

「戸塚署の交通課に聞けば、詳しいことがわかるんじゃないかと思う」

「交通課？」

「この車に駐禁の切符を切ろうとしたんだ。交通課に気のきくやつがいてな。俺が赤いベンツを探していることを知っていて、連絡してきたんだ」

諸橋は驚いて尋ねた。

「どうして戸塚署の交通課が、そんなことを知っていたんだ？」

「俺があっちこっちに訊いて回ったからさ。戸塚署の交通課長が同期なんだ」

なるほど、平賀と同じ年なら警部でもおかしくはない。

「伊知田がまだそばにいる可能性は？」

「いるかもしれない。だから、鑑識とか呼ばずに様子を見ていたんだが……」

「じゃあ、あんたらはここで張り込んでいてくれ。俺たちは付近を捜索してみる」

「わかった」

それから、諸橋たちみなとみらい署暴対係は、手分けして伊知田の姿を探した。

一時間ほど探し回ったが発見できない。諸橋と城島は、平賀たちのもとに戻った。

「伊知田のやつが車のところに戻るのを待とう。この周りで張り込むんだ」

諸橋が言うと、平賀がこたえた。

「戻ってくるかな……」

城島が尋ねる。

「車を乗り捨てたってことか？」

「その可能性はある」

「そうかなあ。やつのお気に入りの車だぜ」

「捕まって、ムショに入っちまったら、いくらお気に入りでも乗り回すことはできねえだろう？」

平賀の言葉に、城島は肩をすくめた。

「そりゃ、そうだが……」

諸橋は言った。

「ここに乗り捨てたとしたら、それはなぜなんだ？」

平賀が言う。

「捜査の攪乱が目的じゃねえかな……」

「捜査の攪乱？」

「俺たち警察を、ここに引き付けるためだ。そして、伊知田は東戸塚駅から電車に乗って、どこかへ姿をくらました……」

「だとしたら、ここを張り込んでも無駄ということになる」

城島が言った。

「だけど、乗り捨てたと決まったわけじゃない。ここに戻ってくる可能性だってあるわけだ」

平賀が言った。

「すまんが、交替で張り込んでくれないか？　俺たちの車を使っていいから……」

平賀は捜査車両を指さした。赤いベンツの後方に、車二台分ほどの距離をあけて停まっている。張り込むには絶妙の場所だと、諸橋は思った。

諸橋と城島は顔を見合わせた。諸橋はこたえた。

「やれと言われればやるが、いつまで張り込めばいいんだ？」

「一日経って伊知田が現れなければ、車をみなとみらい署に運んでくれ」

「一日だな。了解した」

「じゃあ、頼んだ」

城島が平賀に尋ねた。

「……で、あんたらはどうすんの？」

「他に何か伊知田の手がかりがないか調べてみる」

そう言って平賀は駅のほうに向かった。藤田がぺこりと頭を下げてから、そのあとを追っていった。

浜崎たち係員たちは、まだ伊知田の姿を探している。

城島がぽつりと言った。

「ひょっとして俺たち、ここに縛りつけられたんじゃないのか?」

「それはどういう意味だ?」

「いや、ふとそんな気がしただけだ」

張り込みとなれば、ここを離れられない。他のことができなくなるのは確かだ。

「平賀が俺たちの動きを封じたと言ってるように聞こえるぞ」

「だから、ふと思っただけだ」

浜崎から電話がきた。

「どうした?」

「伊知田は見当たりませんね」

「ちょうど連絡しようと思っていたところだ。平賀たちの車のところに集合だ。俺と城島が立っているからすぐにわかる。当番を決めて張り込みだ」

「了解しました」

電話を切ると諸橋は、浜崎たちを待った。彼らは四人ばらばらで捜索を続けていたらしい。

最初に浜崎が集合場所にやってきた。次が倉持だった。続いて、日下部。最後が八雲だった。

諸橋は彼らに説明した。

「二人ずつの班を三つ作って、張り込みをする。今から二十四時間の予定だ」

八雲が尋ねた。

「この車を使っていいんですね?」

「そうだ」

浜崎が質問した。

「二十四時間経って、伊知田が現れないときは……?」

「あの赤いベンツを署に持って帰る。鑑識に調べてもらおうと思っている」

「ええと……」

八雲がまた発言した。「これって、詐欺事案ですよね?」

「そうだ」

「二課は何やってるんです?」

「品物とか金の動きを追ってるんじゃないのか? たしかに詐欺は俺たちの仕事じゃないが、被疑者はマルBだ」

八雲はうなずいた。納得したようだ。

「じゃあ、さっそく始めよう」

すると、浜崎が言った。

「最初に俺たちが張り込みます。八時間後に、倉持・八雲組と交替。最後の当番が、係長とジョウさん」

午後二時になろうとしているので、諸橋たちは、午前六時からの当番になる。比較的楽な時間を割り当ててくれたというわけだ。

一番大変なのは、午後十時から午前六時までを担当する倉持・八雲組だ。

諸橋は言った。

「いいだろう。じゃあ、俺たちはいったん署に戻る」

浜崎と日下部が車に乗り込もうとすると、倉持が言った。

「あ、じゃあ、昼飯買ってきてやるよ」

それを聞いて、城島が諸橋に言った。

「そうだな。署に戻る前に、まず昼飯だ」


諸橋、城島、倉持、八雲の四人で署に戻った。

いつものソファに座ると、城島が言った。

「二課は、伊知田の車のことを知ってるかな?」

諸橋はこたえた。

「当然、平賀から知らせが行ってるだろう」

「確認したほうがいいぞ」

諸橋は、警電の受話器を取り、永田課長に電話をした。

「はい、捜査第二課」

「永田課長ですか？　みなとみらい署の諸橋です」

「何かあった？」

「伊知田の車の件はご存じですか？」

「車の件？」

「はい。東戸塚駅付近で発見されました」

「初耳ね」

永田課長が怪訝そうな口調になる。

諸橋も「おかしいな」と思った。

「暴対課の平賀から知らせを受けました」

「伊知田は？」

「付近を探しましたが見つかりません。うちの係の者が張り込んでいます」

短い沈黙の間があってから、永田課長が言った。

「わかりました。何かあったら、また知らせて」

「はい」

諸橋はふと思いついて尋ねた。「今、平賀がどこにいるかご存じですか？」

「いいえ、知らないけど……」

「了解です。では……」

諸橋は受話器を置いた。

城島が上目遣いに諸橋の顔を見ていた。

8

午後四時を過ぎると、諸橋は倉持と八雲に言った。

「おまえらは今日は夜勤になる。今日は早上がりして、今のうちに休んでおけ」

倉持が言った。

「あ、自分らは平気です」

すると、八雲が言った。

「いや、平気じゃないです。俺は帰って休ませてもらいますよ」

倉持が困った顔で八雲を見た。

諸橋は重ねて言った。

「倉持。いいからおまえも帰れ」

「はあ……。わかりました」

倉持はさらに困った顔になってこたえた。

「俺たちは出かける」

諸橋の言葉に、城島が驚いた顔をした。

「俺たちって、おまえと俺ってこと？」

「そうだ」

八雲が言った。

「じゃあ、お言葉に甘えて、俺は帰らせていただきます」

八雲が出ていくと、倉持はどうしていいかわからない様子で座っていたが、やがて立ち上がり、言った。

「では、自分も引き上げます」

「ああ。交代時間に遅れるな」

「はい」

倉持も出ていった。

城島が言った。

「どこに出かけるんだ？」

「常盤町だ。神野のことだから、何か情報を入手しているはずだ」

「そうか……。とっつぁんなら、一日あればかなりのことがわかるはずだな」

「じゃあ、行こうか」

城島は立ち上がろうとしない。諸橋は、上げかけた腰を再び下ろした。

城島が言った。

「なあ、二課長は、伊知田の車のことを知らなかったんだろう？」

「知らなかったようだ」

「平賀が二課に知らせなかったってことだよな」

「あるいは、二課の誰かには知らせたが、その誰かが課長に上げなかったのかもしれない」

「そんなことがあると思うか？」

諸橋はちょっと考えた。

「あまりありそうにないな。おまえが言うとおり、平賀が二課に知らせなかったと考えるべきだろうな」

「それは、なぜだろうな」

「さあな。その必要がないと考えたのかもしれない」

「必要がない？　だって、俺たちも平賀も、二課長に言われて伊知田のことを調べているんだぜ」

「それはそうだが、二課がほしいのはあくまでも伊知田の身柄だ。車がほしいわけじゃないだろう」

「本気で言ってるのか？　二課は伊知田を追っている。だからどんな手がかりだってほしいはずだ。平賀だってそれは充分に承知しているはずだ」

「おい」

諸橋は城島の顔を見た。向こうは、諸橋のほうを見なかった。「なんでそんなことを気にしているんだ？　まさか、おまえは笹本が言っていることを真に受けているんじゃないだろうな」

城島は肩をすくめた。

「あいつはいけ好かないやつだが、的外れなことは言わない。おまえだって、気になっているんだろう？」

「何が気になっていると言うんだ」

「平賀のことさ。あいつの振る舞いは、考えてみればちょっと妙だ」

諸橋は立ち上がった。

「その話はあとだ。とにかく、神野のところに行くぞ」

城島は一つ息をついてからようやく腰を上げた。


神野の家に着く頃には日が暮れかけていた。ずいぶんと日が短くなった。

いつものように岩倉が出てきて、神野に取り次いだ。出てきた神野はいつもと変わらずにこやかだ。

「上がれ」「いや、ここでいい」というお馴染み（なじ）みのやり取りがあり、結局玄関で話をすることになった。

「ダンナがたが立っておいでなのに、私が座っているのは気が引けるんですがね……」

神野が言うと、諸橋はこたえた。

「そんなことはどうでもいい。伊知田のことで何かわかったか？」

神野が目を丸くする。

「昨日の今日ですよ。いくら何でも……」

「あんたなら、一日あれば充分だろう」

神野が、つるつるの頭を一撫でする。

「いや、どうも。諸橋のダンナにはかないませんなあ」

「何がわかった」

「伊知田を見かけたって噂がありました。昨日の朝早くにマンションを出たっておっしゃってましたよね。その後、潜伏(せんぷく)しているようですねえ」

「どこにいるんだ?」

「あくまでも噂ですよ」

「噂でいい」

「福富町(ふくとみちょう)です」

今横浜で一番物騒な町だ。さまざまな外国人が住みついている。まともなところには住めないような連中だ。彼らが町の治安をひどく悪くしている。

神野は「噂」だと言ったが、誰かが神野に洩らしたに違いない。警察には絶対にしゃべらないが、神野にならしゃべるという手合いが、少なからずいる。

「他に何か『噂』はないのか?」

神野から笑いが消えた。

どうしたのだろう……。

諸橋は怪訝に思った。

やがて、神野が言った。

「ガサをかけたら、倉庫の中が空だったんですよね」

「俺は空振りだったと言っただけだ」

「でも、そういうことでしょう。調べればわかることです」

油断も隙もない。神野こそ、警察に内通者がいるのではないかと勘ぐってしまう。

諸橋は言った。

「それがどうした」

「つまり、伊知田は事前にガサのことを知っていたということになりますね」

「どうかな……」

「お気をつけください」

「何を気をつけるんだ?」

「伊知田のやつに情報を洩らした警察官がいるということです」

諸橋は、心臓が高鳴るのを意識した。緊張と不安と怒りと……。その他、いろいろな感情がどっと頭の中に押し寄せた。

「その警察官が誰か、あんたは知っているのか?」

神野はかぶりを振った。

「存じません。私なんぞが、警察内部のことを知るはずがないじゃないですか。ただ……」

「ただ、何だ」

「そういう噂があるというだけのことです」

また「噂」か。普通の人の噂話なら当てにはしない。だが、神野は別だ。

「本当に知らないのか？」

「存じません」

「警察官から伊知田に情報が洩れたというのは、確かな話なんだな？」

「私は、その『噂』を信じております」

つまり、かなり信憑性が高いということだ。事実だと言ってもいいだろう。神野とはそういう男だ。

諸橋は言った。

「邪魔(じゃま)したな」

神野は黙って頭を下げた。

署への帰り道、諸橋も城島も口をきかなかった。

係長席に戻ると、諸橋は平賀に電話した。

「何だ？」

「伊知田が福富町に潜伏しているという情報があったが、あんたは知っていたか？」

「福富町……？　初耳だな」

「だとしたら、車を見張っていても無意味だ」

「いや、車に戻る可能性はまだある。福富町にいるって情報は確かなのか？」

「裏を取ったわけじゃない」

「ならそっちは俺たちが行く。車のほうを頼む」

城島の「ひょっとして俺たち、ここに縛りつけられたんじゃないのか」という言葉が頭に浮かんだ。

だが、ここで平賀に逆らう理由は見つからなかった。

「わかった。福富町は任せる」

電話を切ると、城島が言った。

「平賀か？」

「そうだ。福富町を調べると言っていた」

「任せておいていいのか？」

城島の言いたいことはわかっていた。

「俺たちは、伊知田の車を見張らなきゃならない」

「俺とおまえの当番は、明日の朝からだ」

「平賀は車のほうを任せると言ったんだ。のこのこ福富町に顔を出したら、妙に思われる」

「平賀に見つからなきゃいい」

「見つかったとき、どう言い訳するんだ」

「そんなもん、どうにでもなるだろう。重要なのは、平賀が俺たちを裏切っているかもしれないということだろう」

言っちまったな、と諸橋は思った。

これまで、その言葉を避けてきたのだ。

「平賀を疑うのは、笹本の仕事だ」

「おまえだって、なんか変だと思ってるんだろう」

諸橋はしばらく考えてから、警電の受話器を取った。

「永田課長に言っておいたほうがいいな……」

電話をかけた。

「はい。捜査第二課」

諸橋は名乗ってから言った。

「伊知田が、福富町に潜伏しているという情報を得ました」

「捜査員は行ってるの？」

「暴対課の平賀が向かっているとのことですが……」

「了解」

「二課から人を出せませんか？」

「どうして？　暴対課が行ってるんでしょう？」

「詐欺事案ですから、もし身柄を押さえるとしたら、二課もいたほうがいいのでは、と思いまして……」

「みなとみらい署の捜査員は?」

「我々は伊知田の車を張り込むようにと、平賀に言われています」

「わかった。暴対課と連絡を取ってみる」

「お願いします」

電話が切れた。受話器を置くと、諸橋は城島に言った。

「暴対課と連絡を取るということだ」

「二課が伊知田の身柄を押さえてくれれば、一件落着だな。うまく立ち回ってくれればいいが……」

「やつが車を取りに来る可能性だってあるんだ」

「まあ、ダメ元でもやるのが捜査ってもんだからな」

城島らしい一言に、諸橋は少しだけほっとしていた。


翌朝の午前六時に、捜査車両で待ち合わせた。時間どおりにやってきた城島は眠そうだった。

「寝てないわけじゃないだろうな?」

諸橋が尋ねると、城島はこたえた。

「朝早いからといって、早く寝ても眠れるわけじゃないしね」

八雲が運転席に、倉持が助手席にいた。諸橋は、城島とともに後部座席に乗り込んで、二人に尋ねた。

「どんな様子だ？」

八雲がこたえた。

「駐禁の切符切られそうになりましたよ。戸塚署に話通ってないんですか？」

「平賀が断りを入れておくと言っていた」

すると倉持が言った。

「きっと、通報があったんだと思います。伊知田の車をレッカー移動されるところでした」

城島がこたえた。

「通報があったんじゃ、署としては動かざるを得ないだろうな。レッカー移動を止められただけでも、張り込んでいた甲斐があったじゃないか」

八雲が言った。

「じゃあ、俺たち引き上げますから……。今日は明け番ということでいいですか？」

刑事は普通、こういうことは言わない。だから、倉持が慌てた様子で言った。

「いや、自分らはこのまま署に行きますから……」

諸橋は言った。

「八雲が言ったとおり、明け番扱いでいい。帰宅してくれ」

八雲はうれしそうな顔で、一方、倉持は申し訳なさそうな顔で車を降りて、東戸塚駅のほうに歩いていった。

諸橋は運転席に、城島が助手席に移動した。

駅周辺に、徐々に通行人が増えてきて、いつしか通勤・通学ラッシュになっていく様子を、車の中から二人で眺めていた。

やがて、人通りが少なくなり、ひどくのんびりした時間が流れた。

諸橋は言った。

「わからないんだが……」

城島がこたえる。

「何が」

「笹本が平賀を疑っていることに、おまえは腹を立てていたはずだな？」

「ああ。そうだ」

「だが今は、おまえが平賀を疑っているように見える。どうして気が変わったのか、それがわからない」

「気が変わったわけじゃない」

「じゃあ、どういうわけで平賀のことを……」

「助けたいんだよ」

「助けたい？」

「笹本に目をつけられたんだ。へたすりゃ、懲戒免職だ」

「もし、伊知田にガサの情報を洩らしたのなら、それも仕方がない」

「だからさ……」

城島は、ひどくのんびりとした口調で言った。「何か理由があるんだと思う」

苛立っているときに城島は、わざとこういうしゃべり方をすることがある。

「その理由を、俺も聞きたい」

諸橋がそう言うと、城島はまた口を閉ざした。

昼が過ぎ、いつもなら昼飯の話をしはじめる城島だが、依然として無言のままだった。

浜崎と日下部がやってきた。いつの間にか午後二時になっていた。

窓を開けると、日下部が覗き込んで言った。

「二十四時間経ちました。車は署に運ぶんですよね」

諸橋はこたえた。

「平賀はそうしろと言っていた」

「レッカーを手配しますか？」

「頼む」

「じゃあ、運んでおきます」

「俺たちは署に戻る」

諸橋は車のエンジンをかけた。県警本部の車だが、乗っていってかまわないだろう。

車を出すと、城島が言った。

「福富町のほうはどうなってるんだろうな」

諸橋はこたえた。

「俺もそれが気になっていたところだ」

諸橋は車をみなとみらい署に向けた。


席に戻ると、諸橋は平賀に電話してみた。

隣のソファにいる城島に言った。

「呼び出し音は鳴るが、電話に出ないな」

「取り込み中かな……」

諸橋は電話を切り、机の上に置いた。

「様子を見にいってみるか……」

「福富町にか？」

「ああ」

「平賀に任せるんじゃなかったのか？」

「車の張り込みは終わった」

「行く前に、まず二課に訊いてみたらどうだ？」

「そうだな」

諸橋は、警電で永田課長にかけた。

「福富町のほうはどんな具合かうかがいたいと思って電話しました」

「ちょうど連絡しようと思っていたところよ」

「何がありました?」

「暴対課の平賀は、いったいどこにいるの?」

「は……?」

昨日、同じことを、諸橋が永田課長に尋ねたのを思い出していた。

「二課の捜査員が福富町に行ってみたけど、平賀ら暴対課の姿はなかった」

「伊知田は……?」

「聞き込みの結果、たしかに潜伏していたらしいことはわかった」

「潜伏していた……。今はいないということですか?」

「姿をくらましたらしい。車のほうはどう?」

「二十四時間監視して、伊知田が現れないので、みなとみらい署に移動することにしました。平賀の指示です」

「その平賀を見つけて、何がどうなってるのか聞いてちょうだい」

「わかりました」

電話が切れたので受話器を置き、諸橋は今の話を城島に伝えた。

城島はむっつりと考え込んだ。何を考えているかは手に取るようにわかった。諸橋も同じことを考えている。

まさか、平賀が伊知田を逃がしたのではあるまいな……。

9

「とにかくさ」

城島が言った。「福富町に行ってみよう」

「二課の連中と合流しようってことか？」

「合流するかどうかは別として行ってみなきゃ。そこで伊知田の足取りが途絶えたわけだろう？」

「しかしな……」

諸橋は言った。「福富町に二人で駆けつけたところで、何ができる？　闇雲に歩き回ったところで、伊知田が見つかるはずもない」

「こういうことは、当たって砕けろなんだよ。現場に行って聞き込みをやれば何かわかる。二課の捜査員に会うかもしれない」

諸橋はどうすべきか考えた。

そこに浜崎と日下部がやってきた。

浜崎が諸橋に言った。

「赤いベンツは署の駐車場にあります。鑑識、どうします？」

「頼んでくれ。土曜日だが、当番がいるだろう」

「了解です」

「おまえたちも、もう帰宅していいぞ」

「係長たちはどうするんです?」

「やることがある」

「やることって……?」

その質問に、城島がこたえた。

「福富町に行くんだ。楽しそうだろう」

浜崎が眉をひそめる。

「福富町」

諸橋は言った。

「気にしなくていい。土曜日なんだから、帰って休め。俺たちは出かける」

「はあ……」

浜崎は釈然としない顔をしている。

諸橋はかまわず部屋を出て、城島に言った。

「張り込みに使った車で行こう」

「そいつはいいな。でも、本部の車だろう?」

「神奈川県警の車だ。かまうもんか」

駐車場に行くと、浜崎が言ったとおり、赤いベンツが駐(と)まっていた。まだ鑑識は来ていない。

城島が言った。

「車から何か出るかね……」

「出ると期待しよう。そのために鑑識作業をさせるんだ」

諸橋は、張り込みに使用した車の運転席に乗り込んだ。城島と車に乗るとき、運転するのは諸橋の役目だ。

城島が助手席に乗り込み、シートベルトを締めたのを確認して、諸橋はエンジンをかけた。車を駐車場から出すと、福富町に向かった。

一方通行の福富町仲通りを進み、コインパーキングを見つけて、そこに車を駐めた。

時刻は午後四時になろうとしている。まだ日が落ちる前なので、人通りも車の通行もまばらだ。

隣を歩く城島が言った。

「さて、どうする？」

「当たって砕けるんだろう？」

「まあ、そうだけどさ……」

「おまえ、このあたりに知り合いはいないのか？」

顔の広さが城島の取り得の一つでもある。

「この通りの鮨屋の大将を知ってるけど……」

「行って話を聞いてみよう」

店はまだ開店前だったが、仕込みをやっている様子だった。引き戸をしばらく叩いていると、ようやく人が出て来た。

調理白衣に白の和帽子といういかにも鮨屋らしい恰好の男が諸橋を睨んだ。かなり年配で、七十代だろうと、諸橋は思った。

「店はまだだ。何の用だ」

かなりの強面だ。

背後にいた城島が言った。

「大将。ちょっと訊きたいことがあるんだ」

男は諸橋の背後に視線を向け、目を大きく見開いた。

「ジョウさんじゃねえか」

「しばらくだね」

「てめえ、しばらくじゃねえぞ。生きてたんなら顔を出しやがれ」

「済まないね」

「まあ、入ってくれ」

見たところ、カウンターだけの店だが、どうやら奥に個室のテーブル席があるらしい。

店には大将しかいなかった。

城島が尋ねる。

「最近は、どう？」

「どうもこうもねえよ。日本人で店を出してるのは、すっかり少数派だ。まわりは外国人の店ばかりになっちまった」

「それでも鮨屋を続けてるんだね？」

「外国人もけっこう食べに来るんだよ。鮨の味なんてわからねえだろうによ」

「そういうこと言うと、差別だって言われるよ」

「差別じゃねえよ。俺は日本人の味覚ってやつに誇りを持ってるんだよ。誇りを持つことを差別ってんなら、好きにしろよ」

城島は笑った。

「紹介するよ。こっちは俺の上司で、諸橋係長だ」

「ふうん……。で、何が訊きてえんだ？」

城島が尋ねた。

「人を探しててさ」

「ならお門違いだぜ。鮨屋で人を探してどうする。魚ならあるけどな」

「伊知田ってヤクザがしばらくこの町に潜伏してたって噂なんだけど、何か知らない？」

「知らねえな」

「やっぱ、知らないか……。ダメ元で訊いてみたんだけどね……」

「だから、お門違いだって言っただろう」

「じゃあ、平賀(ひらが)って刑事は知らない?」

「おう、平賀なら知ってるぜ。おまえさんと違って、ちゃんと顔を出してくれる」

「最近も来た?」

「一昨日、来たよ。いつも慌ただしくてな。握りを四カンばかし食べたら、すぐに出ていっちまった」

「そのとき、何か変わったことはなかった?」

「何だよ、その変わったことって……」

「普通とは違うことだよ」

「別に、いつもと変わらなかったと思うぜ。平賀がどうかしたのか?」

「どこにいるのかわからなくてさ……」

「土曜日だぜ。どこかで羽を伸ばしてるんじゃねえのか」

「そうかもしれないけど、連絡が取れないんで、ちょっと気になってね」

「カクの野郎のところにでも行って訊いてみな」

「カク……?」

「西通りのビルを持っている中国人だよ」

「カクって苗字(みょうじ)かな?」

「苗字か名前かなんて知らねえよ。カクって呼ばれているんだ」

「そいつに訊けば、平賀のことがわかるの?」

「さあな」

「じゃあ、なんでカクに訊けなんて言ったのさ」

「平賀はカクと会っていた。情報源にしてたんじゃねえの？　弱みかなんか握ってさ」

マル暴刑事は、独自の情報源を持っている。マルＢや半グレといった反社会的勢力を協力者にできれば御の字だ。

福富町の怪しげな中国人なら、ぜひとも情報源にしたいところだ。

城島が言った。

「行ってみるよ。西通りだね」

「かつてソープだったビルでね。今は一階が中華料理屋で、二階から上が怪しげな木賃宿になっている」

「木賃宿……？」

「ドミトリーとか言ってるけど、何のことはない。ドヤ街の木賃宿みたいなもんだよ」

城島が礼を言ったので、諸橋も頭を下げてから店を出た。

「ドヤ街の木賃宿か……」

諸橋は言った。「ずいぶん古風な言葉だな」

「今だって、たいして事情は変わっていないさ」

西通りに出てしばらく歩くと、それらしい建物が見つかった。

一階の中華料理店で従業員に「カクに会いたい」と言うと、店の外に出てビルの階段で二階へ行けと言われた。

薄暗い階段を昇ると、廊下に安っぽい木製のドアが並んでいた。

城島が言った。

「なるほどね。元ソープだったのを宿泊施設にしたわけだね」

そのドアの一つが開いて、痩せて背の高い男が現れた。頬骨が出ており、ひどく目つきが悪い。

「俺に会いたいんだって?」

日本語だが、大陸訛りがあった。

諸橋は言った。

「カクか?」

「あんたは?」

諸橋は、警察手帳を出した。隠したところで、どうせ素性はばれていると思った。

「神奈川県警の諸橋というんだ。平賀を探している」

「それは、何かの冗談か?」

「冗談なんかじゃない」

「どうして警察官が警察官を探している?」

「居場所がわからなくなり、連絡も取れないからだ」

カクは、しばらく値踏みするような眼で諸橋を見ていた。悪党の目つきだ。

城島が言った。

「一昨日、平賀があんたに会いにきたって言ってる人がいてね」

カクが城島を見て言った。

「たしかに、来た」

「何の用だったんだ？」

「協力しろと言われたので、平賀の言うとおりにした」

「協力……？」

諸橋は尋ねた。「どんな協力だ？」

「知り合いを泊めてくれと言われた」

「知り合い……？」

諸橋は、携帯電話を取り出して画面に伊知田の写真を出した。「この男か？」

カクはその質問にはこたえなかった。

「俺は警察に協力したんだ。ドミトリーは人を泊めるところだから、泊めた。違法なことはしていない」

諸橋は言った。

「わかっている。あんたを逮捕する気などない。質問にこたえてくれると恩に着る。泊めたのはこの男か？」

カクは、携帯電話を一瞥（いちべつ）してこたえた。

「そうだ」

諸橋は確認した。

「平賀が、この写真の男をここに泊めてくれと言ったんだね？」

「そうだ」

「この男は今、ここにいるのか？」

「今朝早く出ていった」

「どこに行った？」

「知らない。俺はそいつをドミトリーに泊めただけだ」

「平賀がどこにいるか知らないか？」

「知らない。一昨日から姿を見せない」

「連絡は？」

「ない」

諸橋と城島は顔を見合わせた。

カクが言った。

「俺は警察に協力した」

諸橋は言った。

「わかっている」

カクがうなずいて、出てきた部屋に戻り、ドアを閉めた。

ビルの階段を下りながら、城島が言った。

「つまり、平賀が伊知田をここに匿ったということだな……」

「やはり、赤いベンツは囮だったということだ」

ビルの外に出て歩きだすと、二人組に行く手を阻まれた。彼らは背広姿だ。

振り向くと、さらに二人いた。前後を挟まれた。

諸橋は言った。

「二課さんか？」

正面にいる二人組の片方が言った。

「ここで何をしている？」

嚙みつかんばかりの形相だ。

諸橋はこたえた。

「暴対課の平賀を探していたら、ここにたどりついた」

「とにかく、こっちへ来てくれ」

諸橋と城島は、四人組に取り囲まれるようにして移動した。カクのビルから離れて、駐車場に連れていかれると、あらためて質問された。

「どうしてここがわかった？」

諸橋は言った。

「……というか、あんたらこそ、あそこで何をしていたんだ?」

「伊知田があのビルにいたという情報を得た」

「もう伊知田はいないということだった」

「知っている。だが、何か手がかりはないかと張り込んでいたんだ。そしたら、あんたらが……」

「俺の質問にまだこたえていないな」

「質問?」

「二課なのか?」

「そうだ」

するると、城島が言った。

「すでに伊知田が姿を消した後だっていうのに、ビルを張っていたわけ?」

四人の捜査員は、顔を見合わせた。

「他にどうしようもないだろう」

城島が「やれやれ」というふうに肩をすくめたので、諸橋は言った。

「二課さんは、マルBの扱いやこういう剣呑な地域に慣れていないんだ。大目に見てやれよ」

すると、先ほどから諸橋に質問している捜査員が、むっとした顔で言った。

「だったら、どうしたらいいのか言ってみろよ」

城島が余裕の表情でこたえた。

「ビルに踏み込んで、従業員を片っ端から引っぱるんだな。そして、厳しく尋問して、伊知田のことを吐かせる」

四人の捜査員は再び、無言で顔を見合わせた。

城島の言葉が続いた。

「ただし、おそらくここの連中は半端じゃない。一戦交える覚悟でやらなきゃな。そして、警察とこのビルのオーナーが揉めたとなれば、この町全体が騒然となるはずだ」

捜査員が言った。

「事を荒立てるつもりはない」

「だったら、さっさと引き上げることだ」

「引き上げる……?」

「そうだ。警察がうろついているだけで、ぴりぴりしている連中がいる」

城島がちらりと西通りのほうに眼をやる。ビルの角に中国人かコリアンの若者がいて、こちらの様子をうかがっていた。

どうやらコリアンのようだ。カクとは関係ないようだが、この町では誰に監視されていても不思議ではない。

四人の捜査員もその男に気づいたようだ。

城島がさらに言う。

「何か起きる前に引き上げたほうがいいって言ってるんだよ」

捜査員が言う。

「我々は警察官だぞ」

「この町では、そんなことを気にしないやつらが多いんだ。警察官だって、死んじまったらただの死体だ」

四人の顔色が悪くなる。

諸橋は城島に言った。

「そのへんにしておけ」

城島は、ふんと鼻で笑った。

「だって、こいつら失礼だろう」

諸橋は二課の捜査員たちに言った。

「さっさと引き上げたほうがいいというのは本当のことだ。伊知田はあのビルからいなくなった。一時的な避難場所だったんだ。もう戻っては来ないだろう」

捜査員が言う。

「本部で詳しく話を聞かせてもらうぞ」

「わかった」

諸橋は言った。「本部で会おう」

四人は去っていき、諸橋と城島は車に戻った。

城島は機嫌が悪い。二課の捜査員たちに絡んだのもそのせいだろう。

諸橋は言った。

「平賀が伊知田を匿ったということは、倉庫のガサの情報を伊知田に流したのも、平賀の可能性があるということだな」

城島はすぐにはこたえなかった。何事か考えている。しばらくして、彼は言った。

「まだ、そうと決まったわけじゃない」

「そう言いたい気持ちはわかるが……」

城島が溜め息をついた。

「ああ、わかってるよ。ムカつくけど、笹本(ささもと)の言ったとおりなのかもしれない」

「何か事情があるんだろう。平賀を見つけて、話を聞くことだ」

諸橋は車を駐車場から出して、県警本部に向かった。

二課の捜査員が、「詳しく話を聞かせてもらう」と言っていたが、すぐに彼らのもとに行くつもりはなかった。諸橋と城島はまず、組織犯罪対策本部の暴力団対策課に向かった。

案外平賀が、そこで涼しい顔をしているのではないかと、淡(あわ)い期待を抱いていたのだが、もちろんそんなことはなかった。

知っている顔を見つけて声をかけた。平賀とペアを組んでいる藤田(ふじた)だ。

「平賀がどこにいるか知らないか?」

諸橋が尋ねると、彼は席から立ち上がって言った。

「ちょっと、こっちに来てもらえますか」

藤田は、諸橋と城島を廊下の外に連れだした。「申し訳ありません、こんなところで……。係長に話を聞かれたくないので……」

諸橋は尋ねた。

「どういうことだ？」

「連絡が取れなくて困っているんです。係長には、適当に言ってあるんですが……」

「いつからだ？」

「昨日です。東戸塚の駅前で会いましたよね。その後です」

「別行動だったのか？」

「平賀さん、肝腎なときはいつも一人でした」

諸橋は城島に言った。

「東戸塚駅前で、平賀と別れたのは午後二時頃だった。赤いベンツはやっぱり囮だったんだ。俺たちを引き付けておいて、伊知田を逃がしたに違いない」

藤田が目を丸くした。

「伊知田を逃がしたって、どういうことですか？」

「それを本人に訊きたい。だから、あいつを見つけたいんだ」

「そりゃあ、自分だって連絡を取りたいんですが……」

「悪い予感がする」

城島が言った。「早急に彼の所在を突きとめる必要がある」

諸橋は言った。

「それは予感じゃないな。予想だ」

10

藤田にいっしょに来るように言って、諸橋と城島は刑事部捜査第二課に向かった。先ほどの捜査員が待ち構えているはずだった。

行ってみると、その場に永田二課長がいたので、諸橋は驚いた。

「課長が休日出勤ですか」

「珍しいことじゃないわ。彼らのことは知ってますね？」

福富町で会った四人の捜査員のほうを眼で示した。

「ええ。お名前は存じませんが……」

諸橋たちに質問をした捜査員が名乗った。

「河原崎巡査部長です」

あとの三人も官姓名を告げたが、覚える気はなかった。

永田課長が言った。

「伊知田が潜伏していた建物を訪ねたそうですね？」

諸橋はこたえた。

「はい」

「二課は、あなたたちにその建物のことを教えなかったはずですね。どうやって突きとめたんです？」

「俺たちが探していたのは伊知田じゃなくて、平賀だったんです」

「暴対課の平賀を探していた……？」

「はい。平賀があのビルの持ち主のカクという男と会ったという情報があり、俺たちはその人物に会いにいきました」

「それで……？」

「カクは、平賀に言われて伊知田を匿ったのだと言いました」

永田課長が言葉をなくして、しばらく諸橋の顔を見つめていた。やがて彼女はつぶやくように言った。

「平賀が伊知田を匿うように言った……？」

「そうです」

「それはどういうことなの？」

「わかりません。ですが、そうなると当然のことながら、倉庫のガサ情報を伊知田に流したのは平賀ではないかという疑いが浮かんできます」

「そうなの？」

「それもわかりません。ですから……」

諸橋はその後の言葉を強調した。「一刻も早く、平賀を見つけなければならないんです」

永田課長が言った。

「我々の目的はあくまで詐欺事件です」

　諸橋はうなずいた。

「それは加津佐の証言で立証できるんじゃないですか。あとはお得意の金の流れとかを追えば……。ですから、俺たちをお役御免にしてください。俺たちは平賀を追わなければなりません」

「そうはいきません」

「我々はマル暴です。これ以上詐欺事件に関わる必要がありますか？」

　これは本部の課長に対して言う言葉ではないと自覚していた。だが、諸橋は焦っていた。

「そうはいかないと言ったのは、あなた方だけに平賀を追わせるわけにはいかないという意味です」

「は……？」

「手が多いほうがいいでしょう。二課も動きます。連携してください。取りあえず、この四人を使ってください」

　諸橋は呆けたように立ち尽くし、次の瞬間、深々と頭を下げた。

「了解しました。お心遣い、痛み入ります」

「まずは、どうしたらいい？」

「課長にお願いがあります」

「何でしょう？」

「笹本監察官が平賀に、情報漏洩の疑いをかけていました。そのへんの事情を探っていただければ、と……」

二課長はキャリアだ。笹本とキャリア同士で話をしてもらえばいいと思ったのだ。

永田課長がうなずいた。

「任せてください。私のほうが四期上だから……」

キャリアは「期」がものを言うのだと聞いたことがある。一期の差が想像以上に大きいらしい。四期も違うとなれば、笹本は逆らえないに違いない。

諸橋は言った。

「俺たちは、署に戻って態勢を組み直します」

「わかりました」

永田課長が言った。「では、その四人を連れていってください」

諸橋たちが使っていた車を藤田が運転した。もともと彼らが使っていた車だ。後部座席に諸橋と城島が乗った。

二課の四人は、別の車だった。二台に分乗している。さすがに本部は捜査車両が潤沢だと思った。

署に戻り、暴対係へやってくると、諸橋は驚いた。四人の係員が顔をそろえていたからだ。

浜崎が、目を丸くして言った。

「いったい、何事です？」

諸橋が、五人もの本部の捜査員を従えていたからだ。

「そっちこそどうした。帰れと言ったはずだ」

「係長とジョウさんが何かやってるのに、俺たちだけ休んでいられませんよ」

諸橋は八雲（やくも）に言った。

「休日で、しかも明け番扱いのはずだぞ」

八雲は肩をすくめて言った。

「やることがあるなら、出てきますよ」

諸橋は言った。

「済まんな。当初は、俺と城島だけで動こうと思っていたんだが、どうやらそうもいかなくなったようだ」

浜崎が尋ねた。

「何をやるんです？」

「平賀を探す」

四人の係員が怪訝（けげん）そうな顔をする。諸橋は、福富町に行ってからのことを説明した。

話を聞き終わった浜崎が、険しい表情で言った。

「平賀さんが、伊知田と通じていたということですね」

八雲が言う。

「ガサの情報も……」

それにこたえたのは城島だった。

「だからさ、平賀を見つけて、そのへんの話をきっちり聞かなきゃならないんだよ」

浜崎がうなずいた。

「わかりました。……で、どうします？」

「捜査本部方式だ。うちの係員と二課の捜査員がペアを組む。藤田は、俺や城島といっしょに行動する」

河原崎以外の二課の三人に、改めて名乗ってもらった。

上代巧(かみしろたくみ)、石川貴弘(いしかわたかひろ)、国見省一(くにみしょういち)。いずれも三十歳前後の若手だ。

浜崎がさっそく班分けをはじめる。

二課の巡査部長である河原崎は、浜崎と組んで、その二人がまとめ役だ。

三台の車に分乗して活動することにした。藤田が運転する車に、諸橋と城島が乗る。あとの二台に四人ずつだ。

緊急の場合以外は無線を使わないことにした。携帯電話で連絡を取り合う。平賀が無線を聞いている恐れがあるからだ。

対象者が警察官だと、何かと面倒だ。

平賀の足取りは福富町で途切れている。そこから捜査を始めるのが基本だ。全員で福富町に出かけようとしていると、笹本がやってきた。

諸橋は、その姿を横目で見ながら、浜崎に言った。

「じゃあ、先に出かけてくれ。福富町周辺で聞き込みだ」

捜査員たちが出かけていき、係には諸橋、城島、そして藤田の三人が残った。笹本が係長席に近づいてきて言った。

「永田課長に、俺と話をしろと言ったらしいな」

「言った。課長は四期上なんだって？」

「監察の内容は、他部署の者には話せない」

「そんなことを言ってるときじゃないんだ」

「平賀が伊知田を匿ったと聞いた」

「そのようだ」

「家宅捜索の情報を洩らしたのも、平賀か？」

「それは、本人から聞いてくれ」

「その本人はどこにいる？」

「あんた、何か知ってるんじゃないのか？」

笹本は戸惑った表情になった。

「どうして、私が……」

その質問にこたえたのは城島だった。

「怪しいと思ったら、徹底的に調べるだろう？　だから、何か知ってるんじゃないかと思ったわけさ」

「まだ本人から話を聞けていなかった。だから、私は何も知らない」

諸橋は言った。

「俺は何か事情があったんだと思っている。それを平賀から直接聞きたいんだ。だが……」

そこで言い淀んだ。

笹本が尋ねた。

「だが、何だ？」

「へたをすると、本人から話を聞けなくなるんじゃないかと思っている」

「それはどういう意味だ？」

諸橋が黙っていると、代わりに城島が言った。

「平賀は、けっこうヤバい状況にあるんじゃないかということさ」


笹本に、何か情報を入手したらすぐに知らせろと言って、諸橋たちも福富町に出かけた。

「あの……」

ハンドルを握る藤田が言った。

諸橋はこたえた。

「何だ？」

「平賀さんが、ヤバい状況にあるって……」

「平賀が、伊知田なんかと手を組むと思うか?」

「いえ、そんな人ではないと思います」

「だったら、何か理由があるということだろう」

「それが、ヤバいことだと……」

「杞憂ならいいんだがな」

それきり藤田は口をきかなかった。


諸橋たちが福富町の仲通りに着いたのは、午後七時二十分頃のことだった。すでに他の捜査員たちは聞き込みを始めているはずだ。

今度は暴対係とペアを組ませたので、二課の連中にも不手際はないはずだと、諸橋は思った。彼らが無能だというわけではない。それぞれに得意分野が違うのだ。

城島が言った。

「もう一度、カクを攻めてみよう」

異存はなかった。西通りに行き、中華料理店の脇の入り口からビルに入り、階段を昇る。先ほど、カクが出てきた部屋のドアを城島が叩いた。

すぐにドアが開いた。カクが顔を出す。

城島が言った。

「何度も済まないね。もう一度、平賀のことが訊きたいんだ」

カクは何も言わない。ぞっとするような眼で城島を睨んでいるだけだ。憎しみに満ちた眼差しだ。たしかに彼らは、憎み、そして怒っている。何に対する憎しみや怒りなのかは知らない。

だが、問題なのは、その感情を常に日本人に向けていることだ。

城島はまったくひるむ様子もなく、さらに言った。

「平賀を探していると言ったのは本当なんだ。協力してくれないか」

カクが口を開いた。

「協力はした」

「平賀に協力したということだよね。今度は俺たちに協力してほしいんだ」

「そんな義理はない」

「俺たちに恩を売っておくのもいいんじゃないか?」

「恩を売る必要などない」

けんもほろろとはこのことだ。

先ほどよりも態度が硬化しているような気がする。しつこく訪ねたことが気に入らないのか、それとも、この件に関してはこういうふうに対処することに決めたということなのだろうか。

「実は平賀のことを心配しているんだ。早く彼を見つけたい」

「平賀に何が起きようと、知ったことではない」

諸橋は言った。

「もし本当に平賀に何かあったら、知ったことではないなどとは言ってられないぞ。俺たちは、あんたがどのように関わっているのか、徹底的に追及する」

カクが諸橋を見て、興味なさそうに言った。

「できるものならやってみるがいい」

そして、彼はぴしゃりとドアを閉めた。


ビルを出ると、城島が言った。

「やっぱ、一筋縄じゃいかないよなあ」

諸橋は尋ねた。

「……で、どうする?」

「夕飯食わない?」

「夕飯……?」

「あんかけチャーハン」

「中華街だな。陳さんの店か」

藤田が怪訝そうに言った。

「他の捜査員は、聞き込みの最中ですよ」

城島が言った。

「腹が減っては戦ができないって言うだろう? さ、中華街に行こう」

藤田は、釈然としない顔のまま運転をした。

諸橋や城島が「陳さんの店」と呼んでいるのは、中華街にあるなかなか立派なレストランだ。

昨今、大規模な老舗が次々と店を閉めている。格調ある店が減り、格安店が増えはじめている。それも時代の趨勢なのだろうか。

そんな中で、「陳さんの店」は頑張っている。高級店だが、名物のあんかけチャーハンを目的でやってくる馴染みの客も多い。

店を訪ねると、すぐにオーナーの陳文栄が出てきた。

「諸橋さんに城島さん。ようこそいらっしゃいました」

城島が言った。

「すぐに帰るけど、ちょっと陳さんに話があるんだ」

「では、いつもの席をご用意します。二階へどうぞ」

案内された席はフロアの端で他の席と離れており、安心して話ができる。

すぐに温かいジャスミン茶のポットが運ばれてきた。茶を飲んでいると、陳文栄がやってきて、テーブルに着いた。

「話というのは、何でしょう?」

城島が言う。

「福富町に、カクと呼ばれている外国人がいる。たぶん中国人なんだけど、知ってる?」

「カクですか? さあて……」

「かつてソープランドだったというビルを所有しているようだ。今は一階が中華料理店、二階から上が簡易宿泊所になっているらしい」

陳文栄は笑みを浮かべて言った。

「私が横浜にいる華人を全員知っていると思ったら大間違いですよ。私は、中華街に住んでいる同胞のことを知っているだけです……。いや、昨今は知らない人もずいぶんと増えましたが……」

「そうなの？」

「新しい世代の同胞が増え、彼らは我々が大切にしてきた伝統を、あまり大切だと思っていないようです」

なるほど、老舗が閉店する背景にはそういう事情もあるようだ。

「誰か、カクのことを知ってそうな人を知らない？」

城島が尋ねると、陳文栄はほほえんだままこたえた。

「さあ、どうでしょう」

このほほえみが曲者だと、諸橋は思った。何を考えているのかわからない。陳文栄は中華街の顔役の一人だ。

「カクはね、悪いやつなんだ。もしかしたら、中国マフィアと通じているかもしれない。いや、本人がマフィアだという可能性もある。そういうの、放っておいちゃいけないと思うんだよね」

「たしかに、放っておいてはいけませんね」

「……でね、平賀という刑事が姿を消した。それについて、カクが何か知っているかもしれないんだ」

「平賀さんが……」

陳文栄がほほえみを消し去った。

「平賀を知っているの？」

「ええ。よくお見えでした。姿を消したというのは……？」

「カクのところに、ある人物を匿うように言って、それきり姿を消した」

「カクという男が事情を知っているということですか？」

「今会ってきたんだけど、何も話してくれない」

「思い出しましたよ」

陳文栄が言った。「平賀さんと仲よくしている華人が福富町にいるという話を聞いたことがあります」

この陳文栄は、常盤町の神野に負けず劣らずタヌキだと、諸橋は思った。

城島が言った。

「どんなことでもいいから、教えてほしいんだ」

「食事はどうなさいます」

「話を聞いたあとに、注文するよ」

陳文栄が鷹揚(おうよう)にうなずいた。

「では、お話ししましょう」

11

諸橋と城島は、無言で陳文栄を見つめている。彼が話しだすのを待っているのだ。

陳文栄は言った。

「まずは、こちらから質問させてください」

諸橋はこたえた。

「こたえられる質問なら……」

陳文栄の表情は、あくまでも穏やかだ。ほほえみすら浮かべている。

「そりゃ、相手が諸橋さんに城島さんですから、私はどんなことでもお話ししたいですよ。しかしね。同胞のこととなると、なかなか簡単には参りません」

華人の結束は固い。世界中どこに移住しても、彼らは華人として生きるのだ。自分たちの伝統を決して捨てない。それは、民族の誇りなのだ。

「何が訊きたいんです?」

「平賀さんが、そのカクという人物に、誰かを匿うように頼んだとおっしゃいましたね。いったい、誰を匿ったのです?」

諸橋は城島と顔を見合わせた。

もしかしたら、陳文栄は知っていて訊いているのかもしれない。だとしたら彼は、諸橋たちを試しているのだ。

嘘をつかないかどうか。

隠し事をしないかどうか。

そして、諸橋たちが自分に危険をもたらさないかどうか。

伊知田の件は捜査情報だ。外部に洩らしたらクビが飛ぶ。

だが、話さなければならないときもある。捜査情報と交換に有力な手がかりが得られるような場合だ。

陳文栄は、嘘をついたり隠し事をするのを、決して許さないだろう。質問にこたえなければ、彼が握っている情報を入手することは永遠にできなくなる。

諸橋は言った。

「伊知田という名のヤクザです」

「ああ……。田家川さんのところの人ですね」

「今は組を構えています」

「平賀さんが、どうしてまた、その伊知田さんを……」

諸橋はかぶりを振った。

「わからないんです。だから、平賀から直接話を聞きたい。しかし、彼の居場所がわからない」

陳文栄は、「ふうん」と言ってしばらく諸橋の顔を見つめていた。値踏みされているような、嫌な気分になった。

やがて、陳文栄は言った。

「平賀さんが、伊知田さんをカクに預けたというのは、本当のことですね？」

「カクがそう言っていました。俺は本当のことだと思っています」

陳文栄がうなずく。

「平賀さんは、どうして伊知田さんを匿わなければならなかったのですか？」

さらに捜査情報を洩らすことになる。だが、もう後には退けない。諸橋は言った。

「警察は伊知田を、詐欺の容疑で追っていました」

「驚きましたね。それなのに、平賀さんが匿ったと……」

「何か事情があったのだと、俺は思っています」

「そうでしょうね」

その口調があまりにあっさりとしていたので、諸橋は尋ねた。

「何か事情をご存じなのですか？」

陳文栄の表情は変わらない。

「私が知っていることは、ごくわずかです」

「どんなことでもいいから教えてください」

「カクは、マフィアではありません」

「やはり、カクをご存じだったんですね」

「忘れていたが、思い出したのです」

この言葉はもちろん、そのまま信じるわけにはいかない。恐らく、最初は知らない振りをするつもりだったはずだ。

平賀の名前を聞いて考え直したに違いない。

「マフィアじゃない？」

城島が尋ねた。「じゃあ、何者なんだい？」

「私にとっては、マフィアより恐ろしい相手です。ですから、関わりたくありません。諸橋さんも城島さんも、関わらないほうがいいと、私は思います」

城島が肩をすくめた。

「俺も関わりたくはないけどさ、警察官としてはそうも言っていられないわけ」

諸橋は尋ねた。

「マフィアよりも恐ろしいとおっしゃいましたね？」

陳文栄が悲しげな顔になって言った。

「どうか、これ以上は勘弁(かんべん)してください。彼については話したくないんです」

諸橋は、陳文栄を見つめた。

こちらから捜査情報を聞き出しておいて、何とも中途半端なこたえだ。

しかし、これ以上は追及しないことにした。

「わかりました」

諸橋は言った。「また何か、思い出したことがあれば、連絡をください」

陳文栄はほほえんで立ち上がった。

「では、食事を運ばせましょう。いつものあんかけチャーハンですね？」

城島がこたえた。

「お願いします」


いつもと変わらない味のはずだが、諸橋は食事を楽しめずにいた。カクの正体について、あれこれ考えていたからだ。

城島はまるで、自分が料理したかのように、藤田にあんかけチャーハンを自慢している。藤田はそのおいしさに感動した様子だ。

食事を終えて車に戻ると、諸橋は城島に言った。

「あんな陳さんを見るのは初めてだな」

「ああ……。珍しく怯えていたな」

運転席の藤田が驚いた様子で言った。

「え……。怯えていた……？　ずっと穏やかにほほえんでいましたが……」

城島が言った。

「長い付き合いだからわかるんだよ」

諸橋は言った。

「マフィアより怖いと言っていたな」

「ああ……。陳さんほどの人が怯えるんだ。カクの正体はだいたい想像がつくな」

諸橋はうなずいた。

すると藤田が言った。

「自分にはさっぱりわかりません。いったい、何者なんです？」

城島がこたえた。

「中国政府の組織だろう」

「中国政府……」

「公安部か国家安全部……。おそらく、公安部だろうな」

諸橋は無言でうなずいた。食事の間、ずっと考えていて、同じ結論に達していた。

「じゃあ……」

藤田が言う。「カクはあそこで、潜入捜査か何かをしているわけですか？」

城島がこたえる。

「ま、そんなようなもんだろうね。身分を隠して、自国の犯罪者や反革命分子なんかを取り締まるんだ」

「反革命分子って、何です？」

「反体制派だ。我々がいう民主活動家だよ」

その説明は、いくら何でも乱暴だが、現在の中国に限っていえば間違いではないと、諸橋は思った。

藤田が眉をひそめる。

「よその国で、自分の国の反体制派を監視してるんですか」

「監視しているだけじゃない。処分もするようだよ。それが中国の公安部だよ」

「へえ……」

諸橋は言った。

「裏を取りたいな。カクが中国公安部の捜査官だという……」

「外事二課なら、何か知ってるかもしれない」

「おまえ、外事に知り合いいるか？」

「いないけど、永田課長や笹本なら誰か知ってるんじゃないの？」

藤田が言う。

「裏を取っている暇があったら、カクに直当たりしたらどうです？」

城島がそれにこたえた。

「さっき会ってみてわかっただろう。彼は何も教えてくれないよ。あんた、中国公安部でしょうなんて訊いたところで、はいそうですなんて言うはずがない」

諸橋は言った。

「それどころか、こっちの身も危なくなるな。もし、中国のエージェントだとしたら、俺たちの常識が通用する相手じゃない。だから、言い逃れができないように、裏を取りたいわけだ」

「さっそく、誰かに訊いてみよう」

城島が言ったので、時計を見た。午後九時半を回っていた。

「永田課長は、さすがにもう帰宅しただろうな」

「わからんよ。電話してみれば？」

諸橋は携帯電話を取り出してかけた。

「はい、永田」

「諸橋です。お願いがありまして……」

「何かしら？」

「電話ではちょっと……」

「じゃあ、本部に来て」

「課長はまだ本部ですか？」

「そろそろ引き上げようかと思っていたところだけど……」

「すぐに向かいます」

諸橋は電話を切ると、藤田に県警本部に向かうように言った。


話を聞いた永田課長は、しばらく戸惑った様子だったが、やがて言った。

「その話は、表沙汰(おもてざた)にしないほうがいいわけね？」

「はい。そう思います」

「わかった。外事二課に知っている者がいないかどうか訊いてみるわ」

「できれば、信頼できる方を紹介していただきたいのですが……。そうすれば、自分が話を聞きます」

「私じゃ頼りにならないということかしら」

「いえ、決してそういうわけではありません。私らはこういうことに慣れておりますし……」

「冗談よ。わかった。外事二課の誰かから連絡させる。うちの捜査員は？」

「係の者と組んでもらって、聞き込みをやってます」

「平賀がどこにいるか、手がかりはないの？」

「カクの件は手がかりだと思います」

永田課長が時計を見た。

「それで、今日はこれからどうするの？」

「捜査員たちの報告を受けてから考えます」

「時間外勤務はほどほどにしてちょうだい」

「了解しました」

諸橋たちは課長室を出て、藤田の運転する車でみなとみらい署に向かった。

浜崎に連絡をして、彼らの上がりを待つことにした。全員が引き上げてきたのは、午後十一時過ぎだった。

福富町での聞き込みは骨が折れる。不良外国人が多く、彼らは日本の警察を信じていないし、恐れてもいない。

結果から言うと、平賀の行方も伊知田の行方もわからなかった。

諸橋は言った。

「今日はもう引き上げよう。永田課長に、時間外勤務はほどほどにしろと言われた」

すると、八雲が言った。

「すでに、ほどほどというのを超えていると思いますけどね」

それを遮るように、浜崎が尋ねた。

「明日はどうします？」

「休めと言いたいが、平賀のことは緊急性が高いように思える」

浜崎はうなずいた。

「じゃあ、明日も出てきますよ」

八雲は何も言わなかった。

二課の河原崎が言った。

「我々四人にも出勤しろということですね？」

諸橋は言った。

「君らは俺の部下ではないので、強制はできない」

「我々も出てきます。課長に訊いたら、きっと出ろと言うに決まってますので……」

城島が言った。

「時間外勤務は控えろと言ってたよ」

河原崎がそれにこたえた。

「たてまえですよ。課長はいつも、捜査優先です」

藤田が言った。

「平賀さんが心配です。自分は、徹夜でも捜査しますよ」

「そうしたいのは山々だ」

諸橋は言った。「だが、徹夜で捜査したからといって効果が上がるもんじゃない。明日の九時にここに集合だ。帰って休め」

諸橋の部下も、捜査第二課の連中も、そして、藤田も、その言葉に従った。

彼らがいなくなると、城島が言った。

「平賀は、カクの素性を知っていたんだろうか」

「さあな……。もし、知っていたとしたら、たいした情報収集能力だな。おまえの知り合いの鮨屋の大将も、陳さんも平賀のことを知っていた」

「ああ。優秀な刑事だよ」

「伊知田との関係は?」

「わからんな。けどさ、伊知田を捜査二課や俺たちから匿おうとしたことは事実だよな?」

「ガサの情報を伊知田に教えたのも、平賀で間違いない」

諸橋は考え込んだ。同様に、城島も思案顔だ。しばらく二人は黙っていた。

やがて、城島が言った。

「帰ろう。今ここで考えていても仕方がない」

「そうだな」

「あ、藤田のやつ、車を持って帰ったかな」

「いずれにしろ、乗って帰るわけにはいかない。そんなことをしたら、また笹本に叱られる」

「しょうがない。電車で帰るか」

諸橋と城島は、署を出た。


翌日の朝六時頃に電話が振動した。あと一時間寝ていたかったと思いながら、諸橋は電話に出た。

「はい」

「藤田です。集合がかかりました」

「何を言ってるんだ。集合は九時と決めたはずだ」

「暴対課の係で集合がかかったんです」

「原隊からの呼び出しか。何があった?」

「まだ、ご存じないんですね」

「何の話だ?」

「平賀さんの遺体が、本牧ふ頭に……」

　一瞬で目が覚めた。

　恐れていたことが起きてしまった。そのとき、諸橋はそう考えていた。

「いつの話だ？」

「遺体発見は、未明のことらしいです。すぐに身元が判明して……。自分もまだ、事情がよくわかっていないんです。とにかく、本部に行ってきます」

「詳しいことがわかったら知らせてくれ」

「はい」

　諸橋は電話を切ると、すぐに城島にかけた。呼び出し音一回で出た。すでに起床していたようだ。

「聞いたか？」

「平賀のことか。今しがた、山手署の御子柴から電話をもらった」

　御子柴陽一は、山手署刑事組対課強行犯係の巡査部長だ。

「本牧ふ頭に浮かんだんだそうだな」

「ああ。マルBがやりそうなことだが……」

　たしかに、「東京湾に沈めるか、山に埋める」というのがマルBの常套句でもある。

　諸橋は尋ねた。

「平賀はマルBに殺されたというのか？　じゃあ、やったのは伊知田か？」

「落ち着けよ、係長。あいつはマル暴なんだから、マルBの知り合いはいくらでもいる。中にはあいつを怨んでいたやつだっているはずだ」

「じゃあ、平賀が死んだのは、伊知田の件とは関係ないというのか？」

「そうは言ってないよ。いろいろな可能性を考えて、それから消去していくんだ。そうやって考えないと間違いを犯すぞ」

　言われて気づいた。自分はずいぶんと興奮している。

　大きく深呼吸をしてから言った。

「おまえは落ち着いているな」

「そうでもないさ。だが、おまえがえらく頭に来ている様子なんで、こっちは醒めちまったんだよ」

「詳しいことを知りたい。御子柴と連絡は取れるか？」

「やってみるが、あいつはただじゃ情報をくれないよ」

「なるほど、おまえから何か聞き出そうとして電話してきたってわけか」

「平賀がこのところ、俺たちとつるんでいたことを誰かから聞いたらしい」

「とにかく、連絡を取ってくれ」

「わかった。おまえはどうする？」

「永田課長に電話してみる」

「了解。それで、九時に集合の件、どうする？」

「まだ、伊知田の行方がわからない。予定通りに集合だ」

「じゃあ、浜崎にそう言っておくよ」

諸橋は電話を切り、永田課長にかけた。呼び出し音三回で出たが、眠そうな声だった。

「どうしたの？」

「平賀が遺体で発見されました」

しばらく無言の間があった。

諸橋は言った。

「聞いてますか？」

「聞いている。どういうことなのか、考えていたのよ」

「誰かに消されたのだと思います」

「誰かというのは……？」

「わかりません。今何を言っても憶測になります。いい加減なことは言えません」

「遺体が発見された場所は？」

「本牧ふ頭に浮かんだと聞いています。詳しい情報は、俺のところには入ってきません」

「本牧ふ頭ということは、所轄は山手署ね」

「はい。城島に連絡を取らせています」

「じゃあ、私は捜査一課から何か聞けないかやってみるわ」

「何かわかったら、教えていただけますか？」

「連絡する。うちの河原崎たちは？」

「九時にみなとみらい署に集まることになっています」

「わかった」

電話が切れた。

ベッドの上で上半身を起こしたまま、諸橋は動けずにいた。後悔や怒りがどっと押し寄せてきて、どうしていいかわからなかった。

12

浜崎たち四人の係員と、河原崎たち一課の捜査員は、時間どおりにみなとみらい署にやってきた。全員、沈痛な面持ちだ。

さすがの八雲も暗い表情だった。

浜崎が諸橋に尋ねた。

「今日はどうします？」

「昨日と同じだ」

「聞き込みですね」

「そうだ。ただし、平賀を探す必要はなくなった。今後は伊知田の足取りを追うんだ」

「了解しました」

「よろしいですか？」

河原崎が発言を求めた。

「何だ？」

「平賀を殺したのは誰なんでしょう」

「それはわからない」

「あのドミトリーのオーナーなんじゃないですか？　カクとかいいましたよね」

諸橋はかぶりを振った。

「あいつが平賀を殺害したという確証はない」

「しかし……」

「それに、カクが平賀を殺害する理由などないんだ」

河原崎は怪訝そうな顔をした。

「カクは、あのへんを牛耳っている悪党なんじゃないですか？」

その質問にこたえたのは城島だった。

「どうかね。ビルのオーナーだってことはわかってるけど、あの辺を仕切っているかどうかはわからない」

河原崎が城島に言った。

「だったら、徹底的に調べてみるべきじゃないですか」

「あのね」

城島があきれたように言った。「俺たちは殺人の捜査をしているわけじゃないんだよ。詐欺事件を調べているんだろう？」

「だからといって、平賀殺しを放っておくわけにはいかないでしょう」

「放っておくんだよ」

「え……？」

「殺人の捜査は、捜査一課や強行犯係がやってくれる。俺たちは伊知田を見つければいいんだ」

河原崎は二課の捜査員たちと顔を見合わせた。

彼らの気持ちはよくわかる。警察官を殺されて頭に来ているのだ。

諸橋は言った。

「俺も城島も腹を立てている。だが、捜査一課や強行犯係の邪魔をするわけにはいかない」

「それはわかりますが……」

河原崎が言った。「平賀殺しの件には関わらないということですか？」

「何か訊かれたらこたえればいい」

ようやく河原崎が黙った。おそらく納得したわけではないだろう。誰も納得などしていないのだ。

城島が言った。

「さあ、伊知田を見つけよう」

昨日と同じペアを組んで、捜査員たちが出かけていった。

藤田からは連絡がない。平賀を失った暴対課のショックは、俺たちの比ではないだろうと、諸橋は思った。

そのとき、電話が振動した。笹本からだった。

「今、どこにいる？」

「署にいる」

「すぐに行くから、待っていてくれ」

「ああ」

諸橋は電話を切ると、城島に言った。

「笹本が来るそうだ」

「こっちからも、あいつに訊きたいことがある」

「そうだな。だが、笹本を責めても仕方がないぞ」

「誰も責めるとは言ってない」

それから二十分ほど経った頃、笹本がやってきた。

「平賀が亡くなるなんて、いったいどういうことになっているんだ?」

城島が言った。

「それは、こっちが訊きたい。何か知ってるんじゃないのか?」

笹本は、むっとした顔で城島を見た。いつも無表情な彼にしては珍しい反応だ。

「詳しく話を聞こうと思っていた矢先に、彼は姿を消した。そのへんのことは、あなたも知っているはずだ」

諸橋は笹本に尋ねた。

「それで、何をしにここに来たんだ?」

「事情が知りたかったんだ。本牧ふ頭に遺体が浮いたと聞いた。それは暴力団員の手口なんじゃないのか?」

「マルBはよく決まり文句で、沈められるか埋められるかどっちがいい、などと言うが……」

「平賀は殺害されたんだな？」

「それは捜査一課に訊いてくれ」

「何か知っていることがあったら教えてほしいんだ」

諸橋は城島を見た。城島も諸橋のほうを見ていた。

「二課の永田課長に、外事二課に問い合わせをしてもらっている」

笹本が眉をひそめる。

「何の話だ？」

「平賀は、福富町にビルを持っているカクという中国人と関わりがあった」

「福富町……？」

諸橋は、カクについて知っていることを話した。

笹本が思案顔で、確認するように言った。

「伊知田を匿うように、平賀がそのカクという男に依頼したというのか」

「そういうことだ」

「倉庫の捜索の情報を伊知田に流したのも平賀ということだな」

「確認を取ったわけじゃないが、そういうことで間違いないと思う」

「しかし、それには何か理由があるはずだと、あなたは言うんだな？」

「そうだ」

「普通に考えれば平賀の罪は明らかだが……」

「だから、理由があったはずだと言ってるんだ」

「外事二課に問い合わせているというのは、そのカクのことなのか？」

「そうだ。ある筋からの情報で、彼は中国政府のエージェントの可能性がある」

「中国政府……。マフィアとかじゃないのか？」

城島が言った。

「そういうわかりやすいやつじゃなさそうだなぁ」

笑い飛ばすかと思ったら、案外真剣な顔で笹本が言った。

「国家安全部か公安部ということだな？」

諸橋は肩をすくめた。

「俺にはその辺のことはよくわからない。だから、外事二課に問い合わせようと思ったんだ」

「どうして、永田課長に頼んだんだ？　直接外事二課に訊けばいいのに……」

「俺なんかに話すと思うか？」

「なるほど、警視の永田課長を利用したわけか」

「どうせ、事情を報告すれば永田課長は問い合わせたはずだ」

「それで、返事は？」

「まだない」

笹本はしばらく考え込んでいた。

諸橋は言った。

「もう一度訊く。あんたはどうしてここにやってきたんだ？」

笹本がこたえた。

「今のままじゃ、平賀の二階級特進はない」

「どういうことだ？」

「暴力団員と癒着し、何かのトラブルに巻き込まれて殺害された……。そういう結論になりかねない。そうなれば懲戒だ。だから、死んで昇進なんてことにはならないということだ」

「それで……？」

「だから、私は彼の名誉を守りたいんだ。疑いがあれば、それを晴らしたいんだ」

諸橋は再び、城島と顔を見合わせた。

城島が言った。

「それがもし、本音だとしたら、あんたは俺たちと同じ陣営だということになる」

「もちろん本音だ」

諸橋はうなずいた。

笹本が言った。

「私は私なりに調べてみる。何かわかったら知らせてくれ」

「そっちも何かわかったら知らせてほしい」

「監察情報は、絶対に洩らせないんだが……」

城島が言う。

「一方的にこっちから情報を吸い上げるだけというのは認められないな」

「わかってる。じゃあ……」

笹本は踵(きびす)を返して、出入り口に向かった。

笹本と入れ違いで、二人の男たちが入室してきた。見たことのない連中だが、雰囲気で正体がわかった。

諸橋は彼らに言った。

「外事二課か?」

男たちは、四十代と三十代だ。四十代のほうが言った。

「そうだ」

そう言ったきり、彼らは名乗ろうともしない。

城島が言う。

「何て呼んだらいいのかわからないから、名前くらい教えてよ」

四十代のほうがこたえる。

「教える必要はない」

「俺たちの名前は知っているんだろう?」

「諸橋係長に、城島係長補佐」

「そっちが知っていて、こっちが知らないんじゃ、不公平じゃないか」

相手は、一瞬の間を置いてからこたえた。

「保科武昭（ほしなたけあき）警部補と、佐野祐一（さのゆういち）巡査部長」

諸橋は保科に言った。

「あんたらは、カクのことを知っているのか？」

保科の表情はまったく変わらなかった。公安や外事には、独特の不気味さがあると、諸橋は思った。

警察官は在任中に何度も異動を繰り返すから、ずっと公安をやっているわけではないはずだ。ここにいる二人だって、最初は地域課で交番勤務を経験したはずだ。

公安や外事の連中が不気味というのは、かなりの部分、思い込みなのかもしれない。

保科がこたえた。

「何か勘違いをしているようだ」

諸橋は思わず聞き返した。

「勘違い……？」

「そうだ。我々はそちらの話を聞きにきただけだ。何の情報も渡すつもりはない」

「やっぱ、そうか」

城島が言った。「公安や外事って、そういう連中ばかりだよな」

諸橋は、保科に言った。

「俺たちから何か聞きたければ、そっちもそれなりのことを話してくれないとな」

「殺害された平賀は、カクと関わりがあったんだな？」

諸橋は、平賀と伊知田の関係、そして、平賀とカクの関係について、知っている限りの情報を、保科と佐野に伝えた。

保科は無表情のまま、しばらく諸橋を見つめていた。

やがて彼は言った。

「カクのフルネームは、郭宇軒。北京語の発音では、グォ・ユーシュエンだ。彼は、中国公安部の二級警司だ」

「二級ケイシ……？」

「警察の警にツカサ。日本の警察で言えば、おそらく警部クラスだ」

「警部が潜入捜査をやっているのか？」

「日本の警部とは扱いが違うんだろう」

「カクは福富町で何をやっているんだ？」

「同胞の犯罪行為を取り締まっている。まあ、それは表向きだが……」

するとと城島が言った。

「実際には、自国の政治犯なんかを監視しているということだな」

保科はあくまで無表情だった。

「やつらがやっていることの全容はつかめない」

城島がさらに言う。

「外国のやつらに好き勝手やらせて、何のための外事警察だよ」

「努力している。だが、やれることには限界がある」

諸橋は言った。

「平賀は、カクが中国公安部の捜査官だということを知っていたんだろうか……」

保科はかぶりを振った。

「知っていたはずはない。その情報は、我々外事二課しか知らない」

「カクが平賀に洩らしていたとしたら……？」

「あり得ない。日本の警察に自分の正体を明かしたりしたら、カクは死刑になる恐れもある。そんな危険を冒してまで、平賀に教える理由はない」

城島が言う。

「たしかに、スパイの嫌疑をかけられたら死刑になるかもしれないな」

「だとしたら……」

諸橋は言った。「平賀は、単に情報源としてカクに近づいたということだろうか」

保科が言った。

「あるいは、カクのほうから近づいたのかもしれない。日本の警察の捜査情報が入手できれば御の字だ」

「じゃあ、平賀とカクは長い間協力関係にあった可能性がある」

「それはわからない。我々がカクの素性をつかめたのは、ごく最近のことだ」

「協力というより、互いに利用し合っていたということか……」

「そんなところだろう」

保科が言った。「平賀がカクに匿うように言ったマルBのことだが……」

「伊知田か」

「詐欺事件で追っているそうだな」

「ああ」

「そいつは、平賀が誰に殺されたのか、知っているんじゃないのか?」

「実行犯はまだわからないが、平賀の殺害を命じたのは伊知田かもしれない」

諸橋はしばらく考えてから言った。

「だが、伊知田は平賀からガサの情報も得ていたし、匿ってもらっている。伊知田が平賀を殺したのだとしたら、その理由がわからない」

保科が言う。

「ヤクザのやることだ。理屈なんてないだろう」

「そいつはどうかな……」

そう言いながら、諸橋は考えていた。何かトラブルがあり、伊知田がかっとなって平賀を殺すということは考えられなくもない。

だが、今一つぴんとこなかった。

そこに、また新たな二人組がやってきた。

保科は、彼らを見るとぼそりと言った。

「我々は引き上げたほうがよさそうだ。何かわかったら知らせてくれ」

諸橋は言った。

「ああ。そっちもな」

保科と佐野が出入り口に向かうと、入れ違いで二人組が近づいてきた。彼らがすれ違うとき、二人組は保科と佐野を睨みつけていた。

彼らの一人が言った。

「公安かよ……」

吐き捨てるような口調だった。諸橋は尋ねた。

「捜査一課か？」

「強行犯中隊だ。俺は班長の北詰、こっちは岩城だ」

捜査一課の係を「中隊」と呼ぶのはおそらく神奈川県警だけだろうと、諸橋は思った。

北詰は「班長」と言ったが、これは小隊長のことだ。警視庁や他の県警では、主任かペア長くらいの立場だ。

諸橋と城島は黙って先方の出方をうかがっていた。北詰班長が言った。

「二課に話を聞こうとしたら、あんたらに訊いてくれと言われた。平賀を探していたんだって？」

「こたえる前に聞かせてくれ」

諸橋は言った。「他殺だったのか?」

「他殺だ」

「手口は?」

「おい、質問するのはこっちなんだよ」

北詰はいかにも捜査一課らしい強面だ。睨みを利かせれば、たいていのことは思いどおりになると思っているようだ。

だが、諸橋はそんなものには慣れっこだ。

「一方的に質問にこたえる義理はない」

「おい、『ハマの用心棒』とか言われていい気になっているんじゃないだろうな」

「俺はそう呼ばれるのが嫌いだ」

諸橋が睨み返すと、にわかに北詰はたじろいだ。マル暴なのだから凄むのは得意だ。

「手口は、絞殺だ」

彼は、眼をそらして言った。「細い紐状(ひもじょう)のもので首を絞めた跡があった。細かな裂傷が見られたので、鑑識ではワイヤーかもしれないと言っている」

城島が言った。

「ワイヤーを使った絞殺は、プロの手口だね?」

北詰班長がこたえた。

「マルB絡みかもしれない。伊知田の話を聞かせてもらおう」

諸橋は尋ねた。

「その名前をどこで聞いた?」

「二課だよ。詐欺事件に平賀が協力していたんだって?」

人を見下したような北詰の態度は不愉快だが、捜査一課なんてこんなものだろう。ここはおとなしく協力するのが平賀のためでもある。諸橋はそう思った。

13

「伊知田は取り込み詐欺の容疑で、二課が追っていた」

諸橋が言うと、北詰が尋ねた。

「平賀がどうして詐欺事件に関わっていたんだ？」

「伊知田がマルBだから、二課が暴対課に声をかけたんだ。俺たちも協力しろと言われた」

「ガサの情報が洩れたと聞いたが……」

「ああ。伊知田の倉庫にガサをかけたが、空っぽだった」

「平賀が洩らしたということか？」

「確認は取れていない」

「金に目がくらんだかな……。いずれにしろ、ろくなやつじゃなかったわけだ」

「確認していないと言っただろう。事情はまだわからない。憶測でものを言うな」

「おい、誰に向かってそんな口をきいてるんだ？」

すると城島が言った。

「そっちこそ、この係長を誰だと思ってるんだ。言葉に気をつけないと怪我するよ」

こんな露骨な挑発をするのは珍しい。城島は北詰が言ったことが許せないのだ。

諸橋も同様の気分だった。平賀を犯罪者扱いする北詰が気に入らなかった。

こいつは、警察官が殺されたことに腹を立ててはいるが、平賀のことを悼んでいるわけではなさそうだ。

北詰は城島を睨んだ。城島は平気な顔をしている。彼はいつも陽気だが、その眼は実は底光りしている。見る人が見れば、その剣呑な光に気づくだろう。

だから、マルBも城島には一目置くのだ。いくら北詰が強面だからといって、城島に貫目でかなうはずがない。

案の定、先に眼をそらしたのは北詰だった。彼は諸橋を見て言った。

「平賀は伊知田から何か見返りをもらっていたわけだろう？」

「そんな話は聞いていない」

「何か他に知っていることはないのか？」

協力するのは癪だが、捜査のためだ。諸橋は言った。

「平賀は伊知田を福富町に匿っていた」

「福富町のどこだ？」

「それは言えない」

「おい、俺たちは殺人の捜査をしてるんだ。しかもサツカン殺しだぞ」

「その辺の情報が知りたければ、今出ていったやつらに訊けばいい」

北詰が顔をしかめる。

「公安に？　やつら、ここで何をしていたんだ？」

「情報をもらっていた」

「公安が所轄のあんたらに情報を？　冗談だろう」

「こんなことで冗談は言わない」

北詰は鼻白んだ顔で言った。

「いったい、公安がどんな情報を教えたって言うんだ」

「それは、俺の口からは言えない。だから、公安に直接訊いてくれと言ってるんだ」

「犯人を挙げたくないのか？」

すると城島が聞き返した。

「何の犯人だ？」

「平賀を殺した犯人に決まってるじゃないか」

城島が言う。

「それはあんたらの仕事だ。俺たちが追っている犯人は伊知田だよ」

「おい。あんまりなめた口をきくなよ」

北詰が凄んだ。「俺の我慢にも限界があるからな」

城島がふんと鼻で笑った。

「なめた口をきいているのはそっちだろう。これ、あんまり言いたくないんだけどね。うちの係長は警部だよ。あんた、小隊長だから警部補だろう？」

北詰が驚いた様子で諸橋を見た。

「警部……？」

所轄の係長だから自分と同じ警部補だと思っていたのだろう。

どうでもいいことだと、諸橋は思ったが、階級を気にするやつはけっこういる。北詰もそうかもしれない。

威張りたがるやつほど権威に弱いものだ。

諸橋は言った。

「平賀を殺した犯人は是が非でも捕まえてほしい。だから、協力はする。だけどな、よく事情も知らないくせに平賀のことを貶めるようなことを言うのは許せない」

北詰は、急に勢いをなくしたように見えた。

「ああ。あんたに言われなくても、犯人は必ず挙げる」

そう言うと、彼は諸橋たちに背を向けた。そして、出入り口に向かって歩き出した。岩城がそのあとを慌てた様子で追っていった。

城島が言った。

「だいじょうぶか、あいつ。ちゃんと捜査できるのか？」

「捜査一課なんだから、それなりに仕事はするだろう」

「それで、俺たちはどうする？」

諸橋は時計を見た。

「十一時か。ちょっと早いが、鮨でも食べに行くか」

「福富町の大将のところか？　日曜日は休みじゃないのかな……。電話してみるよ」

城島が携帯電話を取り出した。

電話を終えると、彼は言った。

「やっぱり休みだが、話は聞けそうだ。店に来てくれと言っている」

「行ってみよう」


暴対課の藤田がいる間は、車が使えて楽だった。藤田が原隊に呼び戻され、諸橋たちはまた公共交通機関で移動するしかなかった。

昼間の福富町は人通りも少なく、寂れた感じがするが、日が暮れるとその印象は一変するのだ。

鮨屋に暖簾は出ていなかった。城島が引き戸を叩くと、しばらくして解錠する音が聞こえた。

「ジョウさん。入ってくれ」

引き戸が開いて、顔を出した大将が言った。

諸橋と城島が店に入ると、大将はカウンターの椅子に腰を下ろした。

「その辺に座ってくれ」

諸橋は言った。

「いや、このままでいい」

大将は沈痛な面持ちだった。

「平賀が殺されたんだな」

城島がこたえた。

「新聞で読んだの？」

「テレビのニュースだ」

なるほど、朝刊には間に合わなかったはずだ。

諸橋は言った。

「そのことで何かご存じないかと思いまして……」

大将が驚いたような顔で言った。

「何で俺が……」

「平賀が殺されたのは、彼が福富町にやってきたことと無関係ではないと思うのです」

「知らねえなあ。うちには鮨を食いに来るだけだからね」

城島が尋ねた。

「俺と違って、律儀に顔を出していたと言ったね？」

「ああ」

「いつごろからの知り合い？」

「初めて店に来たのは、一年くらい前のことかなあ……。その頃は、月に一回顔を出すかどうかって感じだったが、最近は週一くらいで来ていた」

「最近……？」

「そう。ここ二ヵ月くらいのことだ」

「何か言ってなかったかい」

「別に……。いつも慌ただしく鮨をつまんで帰るんだ。たまには、酒でも飲んでゆっくりすればいいものを……」

「忙しかったんだよ」

「だろうな。ここに寄るのは、ついでみたいなもんだったろう」

「誰かに会ったとか、そういう話はしていなかった？」

「そんな話はしない。ただ……」

「ただ、何だい？」

「平賀はたぶん、中国人のことを調べていたな……」

「中国人？　カクのことかな」

大将はかぶりを振った。

「いや、そうじゃない。平賀はカクのことをよく知っていたようだ。誰か別のやつだ」

「どうしてそう思うんだ？」

「さりげない口調だったけど、中国人のことを俺に尋ねたことがある」

「中国人のこと……」

「この町は、コリアンが多いが、中国人もいる。何とかいう中国人のことを聞いたことはないかと、俺に尋ねたんだ」

「名前、思い出せない？」

「覚えてねえよ。そんな話をしたのは一回だけだったしな……」

「そうか……」

「思い出したら、連絡するよ」

城島はうなずいてから、諸橋を見た。何か尋ねたいことがあるかと、無言で訊いているのだ。

諸橋は言った。

「平賀は、ここにはいつも一人で来たのですか？」

「一人だったね」

「そうですか」

諸橋は、礼を言って店を出ようとした。

すると、大将が言った。

「俺はね、平賀のやつが気に入っていたんだ」

城島がこたえた。

「俺もだよ」

「犯人、捕まえてくれよ」

それは捜査一課の仕事だとは言えなかった。

歩道を歩きながら、城島が言った。

「このあたりは、雨が降っても濡れなくて済むな」

歩道の上に屋根があるからだ。屋根というか、ビルから庇が突き出ていて、それが歩道を覆っているのだ。

諸橋は言った。

「平賀は何かを調べに、ここにやってきていたんだな」

「ああ」

城島がこたえた。「一年ほど前に何かを嗅ぎつけた。そして、二ヵ月ほど前から核心に近づいていたということだろうな」

「大将は、本当に中国人の名前を忘れたのだろうか……」

「隠してるってのか？　いや、それはないな。本当に覚えてないんだろう」

諸橋はうなずいた。

午後八時頃、捜査員たちが戻ってきた。

諸橋は尋ねた。

「何か耳寄りな情報はあるか？」

浜崎がこたえる。

「いやあ、福富町での聞き込みは骨が折れますね。外国人に尋ねると、日本語がわからない振りをされちまうんです。結局、伊知田の行方はわかりません」

八雲が独り言のような口調で言った。

「生きてるのかなあ……」

諸橋はこの言葉を不謹慎だとは思わなかった。捜査員として当然の懸念だ。

捜査第二課の河原崎主任が言った。

「伊知田が、平賀さんを殺害して、そのまま姿をくらましたということはありませんか？」

「いやあ……」

城島が言った。「手口がなあ……」

河原崎が怪訝そうな顔で聞き返す。

「手口……？」

城島は、捜査一課の北詰から聞いた話を皆に伝えた。

河原崎が言った。

「細いワイヤーですか……」

「そう」

城島が言った。「プロが使う道具だ。伊知田は武闘派じゃない。そんな技術を持っているとは思えないんだ」

「でも……」

八雲が言った。「素人にだって絞殺はできるでしょう」

「俺たちがやってる術科の訓練は伊達じゃないよ」

城島が言う。「素人に簡単にやられたりはしないさ」

八雲は何もこたえずに肩をすくめた。

「しかし……」

河原崎が言う。「平賀は伊知田にガサの情報を洩らした上に、福富町に匿っていたんですよね？　伊知田が平賀を殺す理由がないように思えるんですが……」

城島が言った。

「何度も言うけどね、俺たちは平賀殺しの犯人を追っているわけじゃないんだ。おたくの課長に言われて詐欺事件の捜査をしているんだよ」

「すいません。それはわかっているのですが……」

「とにかく、伊知田を見つけることだ」

諸橋は言った。「明日、月曜日も今日と同じで、朝九時集合だ」

その日は解散することにした。平賀が殺害された今となっては、事案にそれほどの緊急性はない。

八雲が言ったとおり、伊知田がどうしているのか気になるところだが、平賀とはやはり違う。平賀は身内で、伊知田はそうではない。こんなことは、大きな声では言えないが、それが人情というものだ。

土日に出勤した捜査員たちを少しでも休ませる必要がある。捜査員がぶっ倒れても、いくらでも代わりがいると言った昔の上司がいたが、今はそういう時代でもない。

もちろん、諸橋や城島はぶっ倒れるまで働くのが警察官の常識だと思っているが、係長としてそれを部下に強要するわけにはいかない。

部下と捜査二課の捜査員たちが引き上げると、城島が言った。

「中華街でも寄っていくか？」

諸橋はかぶりを振った。

「いや。まっすぐに帰って、コンビニ弁当でも食うよ」

翌日、予定どおり九時に集合した。捜査第二課の連中も顔をそろえた。

聞き込みに出ようとしていると、警電が鳴り、倉持が出た。

彼は戸惑ったような顔になった。何事だろうと思って諸橋が見ていると、倉持が言った。

「あのう。伊知田と名乗る人物が来ているそうなんですが……」

「来ている？」

諸橋は尋ねた。「どこに？」

「署の一階です」

「行ってみてくれ」

電話を切った倉持が一階に向かう。

河原崎が諸橋に言った。

「伊知田って、あの伊知田でしょうか？」

しばらくして、倉持が戻ってきた。彼が連れて来たのは、間違いなく伊知田だった。

「たまげたな……」

城島が言った。「本物だぞ」

諸橋は倉持に確認した。

「出頭してきたんだな?」

「はい。受付にいました」

諸橋は、伊知田に尋ねた。

「どういうことだ?」

「どうもこうもねえよ」

伊知田は、わずかに顔をしかめて言った。「俺を探していたんだろう?」

城島が言った。

「高飛びでもしたかと思った」

それを無視するように、伊知田は言った。

「話が聞きたいんじゃねえのか?」

「もちろん聞きたい。だが、その前に……」

諸橋は、河原崎を見て言った。「逮捕したらどうだ?」

「あ……。私が逮捕していいんですか?」

「二課の事案だ。逮捕状、あるんだろう？」

倉庫の捜索差押許可状といっしょに、逮捕状も請求していたはずだ。

河原崎は、伊知田に言った。

「ええと……。午前九時十二分。詐欺容疑で逮捕する」

伊知田は何も言わない。

諸橋は河原崎に尋ねた。

「身柄はどうする？　本部に運ぶか？」

「いえ、ここに置いてください」

「じゃあ、取り調べを始めてくれ。詐欺の件の調べが終わったら、俺も話を聞きたい」

「了解しました」

伊知田の留置手続きを取り、それから取調室に連れてくるように段取りを組んだ。河原崎が取り調べを始め、石川が記録係をつとめた。

永田課長に、伊知田逮捕の報告をしていた上代が警電の受話器を諸橋に差し出して言った。

「課長が話したいそうです」

電話を代わった。

「諸橋です」

「ごくろうさん。これで、うちの事案は解決ね」

「そういうことになります。俺もお役御免ですね」

「送検まで身柄はそちらに置くわ。話があるでしょう?」

「俺だけじゃなくて、捜査一課や外事二課も話がありそうですが……」

「それは、送検後に検事に相談してもらうわ」

「俺だけ特別扱いされると、尻がこそばゆいんですけど」

「伊知田の身柄を取ってくれたのはあなたがたよ」

「身柄を取ったというか……。出頭してきたんですがね」

「どんな形であれ、逮捕できたのはみなとみらい署暴対係のおかげよ」

電話が切れた。諸橋は受話器を置いた。

14

取調室に行った河原崎が、すぐに戻ってきた。

城島が尋ねた。

「早いな。もう終わったのか？」

「そうじゃない」

河原崎は渋い顔をしている。「詐欺について自供してもいいが、それには条件があると言っている」

城島が聞き返す。

「条件？　どんな条件だ」

「平賀のことだそうだ」

「ほう……」

「自分は平賀殺害には一切関与していない。自分は疑われたくないので、平賀殺しについて追及しないでくれ。そう言っています」

「殺していないかもしれないが、一切関与していないということにはならないよなあ……」

「詐欺について自供する前にまず、それについて話し合いたいと……」

諸橋は言った。

「わかった。俺が会う」

城島が言った。

「付き合うよ」


取調室の伊知田は、開き直ったように落ち着いていた。組長なので、大物を気取ろうとしているようだ。

諸橋は言った。

「話があるそうだな」

「あんたのことは知ってるぞ。『ハマの用心棒』だったな」

「平賀を殺されて、俺たちは頭に来ている。なめた口をきかないほうがいい」

伊知田は居心地悪そうに身じろぎしてから言った。

「俺だって驚いたんだよ。それで、こうして出頭してきたわけだ。妙な疑いをかけられちゃたまんねえからな」

「おまえが殺したんじゃないのか?」

「冗談言うなよ」

「こんなときに冗談など言わない」

伊知田はわずかに顔をしかめた。

「俺と平賀は、うまくやっていたんだ」

「うまくやっていたというのは、どういう意味だ？」

「お互い、役に立っていたってことだ」

「ガサの情報をおまえに洩らしたのは平賀だな」

「大急ぎで荷物を移せと言われた」

「おまえを福富町に匿ったのはなぜだ？」

「知らねえよ。俺は平賀の言うとおりにしただけだ」

「知らないわけはないだろう」

「本当に知らねえんだよ」

「平賀に何と言われたんだ？」

「捕まりたくなければ、言うとおりにしておとなしくしていろ……。そう言われた」

諸橋は考えをまとめたかったので、記録席にいる城島のほうを見た。

城島が伊知田に質問した。

「おまえ、カクのことは知っていたの？」

「カク……？　誰だ、それ」

「いや、知らなけりゃいいんだ」

「とにかく……」

伊知田が言った。「俺は、平賀殺しには関係ない。それをわかってもらうことが、詐欺を自供する条件の一つだ」

「条件の一つ？　まだあるのか？」

城島が尋ねると、伊知田はこたえた。

「俺と平賀のことを、もう詮索しないでほしい」

諸橋は言った。

「そうはいかない。二人がどういう関係だったかは、殺人の捜査におおいに関係があるからな」

「協力関係にあった。それでいいだろう」

「平賀が内通者で、おまえが情報提供者だった……。そういうことか？」

「ああ、そうだ」

「いや、それだけじゃないな」

「だからさ」

伊知田は、聞き分けのない子供に言い聞かせるかのように言った。「それが自供する条件なわけ。これ以上、俺と平賀の関係について質問しないことが」

諸橋は、しばらく伊知田を見つめた。

伊知田は落ち着きをなくしている。

平賀が死んだことを知り、慌てて警察に出頭したというのは本当のことかもしれないと、諸橋は思った。

「ちょっと待っていろ」

諸橋は立ち上がり、城島を見て出入り口のほうに頭を傾けた。

取調室を出て引き戸を閉めると、諸橋は城島に言った。

「どう思う?」

「少なくとも、平賀を殺したのは伊知田じゃないね」

「誰かにやらせたとも考えられる。子分の中には武闘派もいるだろう」

「いや、平賀が死んだことを知って驚いたのは本当のことだろう」

諸橋はうなずいた。

「実は俺もそう思っている」

「けどな」

城島が言った。「何か事情を知っていることは確かだ」

「そうだな……」

「伊知田は平賀とズブズブだったと思わせたいんだ」

「実際そうだったのかもしれない。ガサの情報を洩らし、カクのところに匿ったんだ」

「ガサがあるとは言わなかったらしい。荷物を片づけろと言っただけだ」

「それは、情報を洩らしたということだろう」

「片づけろってのは、親が子供に普通に言う台詞(せりふ)だぜ」

「本気で言ってるのか」

「つまりさ、平賀は金とか色とかの利害関係で伊知田と付き合っていたわけじゃないってことだ」

「根拠は？」

「鮨屋の大将が言ってたろう？　平賀は福富町である中国人のことを調べていたって……」

「それについての情報を、伊知田から得ていたと……」

城島は肩をすくめた。

「それは伊知田から聞けばいいんじゃない。そこに伊知田がいるんだし……」

「どうやら、伊知田はそれをしゃべりたくないらしい。だから、取引したいんだ」

「そういうことだな」

「だったら、そんな条件は呑めないと、はっきりわからせるだけだ」

「そうだね」

諸橋は取調室に戻った。

椅子に座ると、諸橋は伊知田を見据えて言った。

「おまえと平賀のことを詮索するなと言ったが、そういうわけにはいかない」

伊知田は上目遣いに諸橋を見た。

「だったら、詐欺の件も自供はしない」

「勝手にすればいい。自供なしでも送検・起訴はできる。犯行を認めないとなると、心証が悪くなって、刑が重くなるかもしれない。せっかく出頭してきたのにな」

伊知田はまた顔をしかめた。

「そういう身も蓋もないことを言わないでくれよ」

「もともと取引を言い出せる立場じゃないんだ」

伊知田は、しかめ面のまま眼をそらした。

城島が言った。

「平賀が殺されたんで、慌てて逃げ込んできたんだろう？　へたをすると、自分も危ないって思ったわけだ」

伊知田が城島を見て言った。

「俺が警察(ヒネ)を頼ってるって言うのか。冗談じゃねえ。そうなったら極道は終わりだよ」

「でも、そうなんじゃないの？　殺されるより詐欺で捕まったほうがいいって考えたんだろう？」

伊知田はまた考え込んだ。どうこたえれば面子(メンツ)を保てるのか考えているのだろうと、諸橋は思った。

こういう連中は、面子が何より大切なのだ。逆に言うと、やつらは面子をつぶされただけで人を殺しかねない。

城島はさらに言った。

「平賀を殺したやつを知っているのか？」

とたんに伊知田はかぶりを振った。

「知らねえよ。俺が知るわけねえだろう」

「じゃあ、どうして出頭してきたんだ」

「だからさ、俺が犯人だと思われたら困るじゃねえか。そう言ってるだろう」

「何かを話したくて来たんじゃないの？　だとしたら、俺たちはおおいに助かるんだけどね」

伊知田はまた口をつぐんだ。

どうしたらいいかわからなくなっているのかもしれない。

城島が言ったとおり、彼は慌てて警察に駆け込んできたのかもしれない。たしかに彼は怯えている。

平賀を殺したやつらを恐れているのだ。だから、平賀との関わりを話そうとしない。

諸橋は言った。

「話してくれたら、悪いようにはしない」

伊知田が諸橋を見た。計算高い表情だった。

「それ、どういう意味だよ？」

「身の安全は保障する」

「何からどうやって俺を守るつもりだ？」

「だから、それを話してもらう」

「話したら、平賀の二の舞だよ」

城島が言う。

「やっぱり、それが本音か」

「誰だって、死にたかねえだろう」

「教えてくれ」

諸橋は言った。「平賀を殺したのは何者なんだ？」

伊知田は何も言わない。だが、迷っているのは確かだ。話を聞きはじめた当初とは違う。

城島が何気ない口調で尋ねた。

「中国人かい？」

意外なほど伊知田が反応した。彼は、はっと驚いた様子で城島を見たのだ。

城島がさらに言う。

「警察だってばかじゃないんだ。いろいろ知ってるんだよ」

諸橋はしばらく考えた末に言った。

「さっき城島が言ったカクというやつは、おそらく中国公安部のエージェントだ」

伊知田が再び、驚いた顔を見せた。

「あ……。カクって、俺を匿ったやつか？」

「あそこで、商売をする振りをして、同胞を監視しているんだ。おそらく、平賀はそのことを知っていた」

伊知田がまた、考え込んだ。

長い沈黙の後に、伊知田は言った。

「平賀を殺したのは、中国人じゃねえ。たぶん、日本の極道だ」

城島が尋ねた。

「どこの何というヤクザだ？」

「それはわからねえ」

「おいおい、この期に及んで、それはないだろう」

「本当に知らないんだ。ただ……」

「ただ、何だ？」

「平賀が調べていたことに関係している極道がいたという噂を聞いた」

「噂だって？」

「……というかさ、かっさらわれたんだよ」

「かっさらわれた？」

「ああ……。俺が狙っていたことなんだ」

諸橋と城島は顔を見合わせた。

諸橋は言った。

「どうも、言っていることがよくわからない。ちゃんと説明してくれ」

「世界中でコンテナが不足しているって話、知ってるか？」

城島がこたえた。

「ああ。それで、物流関係が滞っちまって、アメリカの港では、トラックの長蛇の列ができたり、コンテナ船の遅延が相次いだり……」

「まあ、原因はいろいろあるけどな。コロナも大きな原因の一つだが、なんといってもコンテナの回転率低下が、物流に大きなダメージを与えた」

「それで、コンテナがどうかしたのか?」

「混乱が起きれば、それが儲けるチャンスだと思うやつが必ず現れる。コンテナって、どこで作られているか知ってるか?」

城島がこたえた。

「中国だって聞いたことがある」

伊知田がうなずいた。

「そのとおり。実に世界中のコンテナの九割以上が中国で作られているんだ。それがさ、米中貿易摩擦で中国の輸出が減ったり、コロナのせいとかで、コンテナの生産が一気に落ち込んだわけだ。すると、囲い込みをしたくなるじゃないか。手に入るコンテナをかき集めてストックすれば、コンテナはさらに不足して値がつり上がる。それこそ、中古だって言い値で売れる」

「実際にそれをやっているやつがいるということだな」

「中国人の考えそうなことだろう」

諸橋と城島はまた、顔を見合わせた。

諸橋は尋ねた。

「おまえが狙っていたというのは、そのコンテナの商売のことなのか?」

「スケールがでかすぎて、俺にゃどうすることもできねえよ。けどな、日本国内の手引きはできる」

「手引き……?」

「国内にある中古のコンテナをかき集めるための手引きだ。さすがに、外国人が好き勝手やれるわけじゃねえからな」

「だが、その役目を誰かにかっさらわれたというわけだな?」

「ああ。そういうことだ。先方の中国人には会うこともできなかった」

「まんまと出し抜かれたのに、その相手に心当たりがないと言うのか」

「ああ、そうだよ」

「それでよくヤクザがつとまるな」

「昔ならすぐにわかっただろうよ」

「昔なら……?」

「暴対法のせいでよ、みんな地下に潜っちまったんだ。同業者がどこで何をやっているのかさっぱりわからなくなっちまった。だから、俺を出し抜いたのがどこの誰なのか、まったくわからねえってわけだ」

「ヤクザだというのは間違いないんだな?」

「ああ、そういう噂だ」

「相手の中国人は?」

「マフィアらしい。直接話をできたわけじゃねえ。間に何人もの人が入って、さらに向こうからの連絡待ちだった。それで、結局、連絡はなかった」

城島が尋ねた。

「平賀を殺したのは、そのヤクザだってこと？」

「俺はそう思う。中国マフィアが日本国内で直接人殺しをやるとは思えねえ。しかも相手は警察官だ」

「中国人なら、警察官だろうが何だろうが気にしないと思うが……」

「現地のやつにやらせたほうが、リスクが少ないよ」

「中国マフィアが、世界的なコンテナ不足を利用して一儲けしようとしている。そのためにコンテナの囲い込みをやっていて、日本でも中古コンテナをかき集めようとしている。そのために、どこかのヤクザが手引きをしている……。おまえの話を要約すると、そういうことになるな」

「まあ、そうだな」

「おまえは、平賀にその情報を提供していたということか」

「知っていることは話した。何かわかったら知らせろとも言われていた」

「その話、信じてやりたいが、どうも納得がいかないことがある」

城島がそう言うと、伊知田は心外だといわんばかりに聞き返した。

「何が納得いかねえんだ？」

「平賀は、情報を得るために、詐欺で捕まりかけていたおまえを匿った。つまり、そうまでして情報が欲しかったわけだ」

「そういうことだな」

「どうして平賀はその件を追っていたんだ？」

「何だって？」

「その中国マフィアがコンテナの囲い込みなんかをやれば、物流の大混乱に拍車がかかる。それで儲けようなんて、えげつないやり方だ」

「あんたの言うとおりだよ」

「けどね、えげつないが違法だとは言えない。それを手助けするヤクザだって、言ってみれば商機を得たというだけのことだろう。おまえの逮捕を邪魔してまで情報がほしい事案とは思えない」

「囲い込んだコンテナが空ならな」

「何だって？」

「コンテナを貸し出したり売ったりするだけじゃ、たいした稼ぎにはならねえ。せっかく集めたコンテナだ。中にいろいろなものを入れて利用するだろうぜ」

「薬物か……」

「それだけじゃねえよ。武器に人身売買。コンテナさえ押さえれば、何だって運べる」

「そうなりゃたしかに、でかいネタだな……。平賀はどこからそれを嗅ぎつけたんだろう」

「さあな。俺は知らない」

「おまえは、いつどこで知ったんだ？」

「言いたくなかったのは、そのことなんだけどな……」

「今さらそれは通らないよ。言っちまえよ」

「平賀に言われたのさ。中国人の儲け話に一枚嚙めってな」

「平賀が……」

なるほどヤクザの組長としては、面子がある。刑事の操り人形だったとは口が裂けても言いたくないだろう。

「その代わりにいろいろと便宜を図るって言われたよ」

「なるほど、それで平賀はおまえにガサの情報を流したり、匿ったりしたわけだ……」

「結局、どこかの野郎が割り込んできちまったわけだが……」

「他に何か知っていることはないか？」

「もう話すことはねえよ。知ってることは全部しゃべった。なあ、本当に安全を保障してくれるんだろうな」

諸橋は城島にうなずきかけて、取り調べを終えた。


部屋を出ると、城島が言った。

「平賀が伊知田を動かしていたとはな……」

諸橋はこたえた。

「問題は、平賀がどこからその中国マフィアの件を聞いたか、だな」

「もう一度、カクに会わなけりゃならないな」

城島の言葉に、諸橋はうなずいた。

15

「善は急げだ」

城島が言った。「すぐに行こうか」

諸橋は尋ねた。

「カクに会いにいくのは善なのか？」

「捜査は常に善だよ」

「その前に寄りたいところがある」

「寄りたいところ？」

「常盤町だ」

「平賀を殺害したのが日本のマルBだとしたら、とっつぁんが何か耳にしているかもしれないな……」

「本人が知らなくても、知ってそうなやつを知っているかもしれない」

「実は、ちょっとひっかかっていたんだ」

「ひっかかっていた？」

「ああ。平賀が中国人のことを調べていたって聞いてさ、筋違いだと思ったわけだ」

「マル暴の平賀が、中国マフィアについて捜査するのは、それほど不思議なことじゃない」

「昔ならそうだったよ。でも今は、組織が細分化したからなあ。中国マフィアについては、平賀たち暴対課じゃなくて、国際捜査課が調べるんじゃないのか?」

「平賀は古風な刑事だった」

「それにしても、係長とか課長の眼が光っている」

「相棒の藤田にすら、何をやっているか知らせなかったんだろう」

「だからさ、なんでそんなにこっそり行動していたのかってことさ」

諸橋は考え込んだ。

他ならぬ城島がひっかかっていると言うのだ。無視するわけにはいかない。

「それで……?」

「中国マフィアの手先になっているマルBがいると聞いて納得した。平賀はそいつにこだわっていたんだ」

「そして、殺された」

「ああ、だからさ。そのマルBと平賀に、何か因縁があるのかもしれない。そう思ったわけだ」

「因縁……」

「思いつきだがね……。だとしたら、平賀の行動にも納得がいく」

「なるほど……」

諸橋は言った。「それも含めて、神野に訊いてみよう」

いつものように、まず岩倉が出てきて、神野に取り次いだ。

今回、神野は笑顔を見せなかった。いつもの「上がれ」「ここでいい」というやり取りもなかった。

「お悔やみ申しあげます」

神野は神妙な表情でそう言った。

諸橋は尋ねた。

「平賀のことを知っていたのか？」

「存じ上げておりました。県警本部のだんな方には珍しく、私と懇意にしてくださいました」

「平賀はそういうやつだった」

「まさか、あんなことになるとは……」

「平賀を殺したやつに、心当たりはないか？」

こういう質問をすると、必ずシラを切る神野だが、やはり今回は違った。

厳しい眼差しを諸橋に向けて言った。

「知ってりゃ、すぐに申しあげます」

「平賀は中国マフィアについて調べていたようだ」

これは捜査情報だ。こんなところで洩らしたことが知れたら、クビが飛ぶかもしれない。大げさではなく、情報漏洩で懲戒処分になる警察官は驚くほど多い。

免職にならなくても、懲戒処分を食らったら退職することが少なくない。

だが、話すべきだと、諸橋は思った。情報の呼び水が必要なのだ。

「中国マフィアですか……」

神野が厳しい表情のまま言った。

「日本国内で、あくどいビジネスをやろうとしているやつらがいて、その手先となっている暴力団員がいると言ってるやつがいる」

「中国マフィアの手先ですか……。昔は間違ってもそんなことはなかったんですが、最近じゃ驚きませんね」

「もしかしたら、その暴力団員は、平賀と何か因縁があるかもしれないと、城島が言うんだ」

神野は城島をみてから、すぐに諸橋に眼を戻した。

「心当たりはありませんが、調べてみましょう」

「悪いな」

「いえ。平賀さんのためと思えば……」

「頼む」

諸橋はそう言うと、玄関を出た。

神野宅を離れると、城島が言った。

「まさか、あんたが神野に、『頼む』なんて言うと思わなかった」

「今は、藁(わら)にでもすがりたい」

「神野は藁よりは頼りになるよ」

福富町のカクのビルの前にやってくると、城島が言った。

「さて、どうする?」

諸橋はこたえた。

「そろそろ昼飯の時間じゃないか?」

城島はうなずいた。

「中華料理か。悪くないな」

ビルの一階の中華料理店に入った。正午までは十五分ほどあり、店内はすいていた。

ランチメニューを尋ねると、料理は一つだけだと言われた。それを二人前注文した。

白飯の上に、蒸して味付けした鶏肉のぶつ切りが載ったものが出てきた。本場の大衆食堂でよく見られる料理だ。スープと漬物がついてきた。

日本人向けにアレンジされた中華料理ではなく、本場の味だった。ネギやニンニクの香りが強く、脂(あぶら)っこい。

「これ、悪くないね」

城島が言った。「また食べにきたくなる味だ」

「そうだな」

料理を平らげると、諸橋は従業員を呼んで言った。

「カクに会いたいんだが、そう伝えてくれるか？」

中国人らしい従業員は、剣呑な眼を向けてくる。

「カクのこと、知ってるだろう」

諸橋はさらに言った。「ここの大家だ」

従業員は無言で、食器を下げようとする。

城島が言った。

「ただでとは言わない。伝えてくれたら、礼をするよ」

一万円札を出した。「食事代だ。釣りはいらない」

金と食器を持った従業員が無言のまま去っていく。諸橋は小声で言った。

「取り付く島もない。別の手を考えるか」

すると城島が言った。

「まあ、待てよ」

城島が言うとおり、しばらく待った。すると、白髪の痩せた男が近づいてきた。彼もやはり中国人のようだ。

「カクに何の用だ？」

大陸訛りの日本語だ。

諸橋はこたえた。

「用は本人にしか言えない」

「それでは取り次げない。おまえらは、警察だろう」

諸橋はうなずいた。

「平賀のことで話がある。そう伝えてくれ」

白髪の中国人は値踏みするように、しばらく諸橋を見据えていた。

「ちょっと待っていろ」

彼はそう言うと、店の奥に去っていった。

それから五分ほどして、戻ってくると、彼は言った。

「二階に行ってみるといい」

諸橋と城島は席を立ち、店を出て、ビルの二階に向かおうとした。

目の前の車道に黒いワンボックスカーが停まっており、横のスライドドアが開いていた。

やばいな。

そう思ったとたん、諸橋は腕をつかまれ、ワンボックスカーに押し込まれた。城島も同様だった。現れた男は二人だったが、力が強く、素早かった。

スライドドアが閉まる。諸橋と城島は、後部座席に横倒しになっていた。先に身を起こしたのは城島だった。

諸橋は起き上がると、車の中の様子をうかがった。運転席と助手席、そして背後に二人。

彼らは無言だった。

諸橋は尋ねた。

「どこに連れていくつもりだ」

返事があるとは思わなかった。無駄とわかっていても言わずにいられないのだ。

城島が言った。

「本牧ふ頭に向かっているんじゃないか……」

平賀の遺体が発見された場所だ。

いい気分ではなかった。

やがて、城島が言ったとおり、本牧ふ頭で車が停まった。

まさか、ここで平賀のように俺たちを殺そうというんじゃないだろうな……。

殺される理由はないが、諸橋はついそんなことを考えてしまった。

いや、カクにしてみれば、理由はあるのかもしれない。

日本の警察に身辺をうろうろされるのはひどく迷惑なはずだ。日本人なら警察官を殺すことを躊躇するだろうが、中国公安部のやつなら平気だろう。

城島は何も言わない。彼の軽口が聞けないと、ますます不安になる。

車は停まったが、男たちは動かない。彼らは何をしようとしているのか。何かを待っているのだろうか。

どれくらい経ったただろう。助手席の男が車を降りた。入れ替わりでそこに座ったのはカクだった。

彼は、前を向いたまま言った。

「平賀を殺したのは、俺ではない」

諸橋はこたえた。

「知っている」

「彼のことで、話があるということだが……」

「俺は、誰が平賀を殺したのかを知りたい」

「俺は知らない」

城島が言った。

「人ばらいをしてもらえないか」

「人ばらい……？」

「話がしたい相手はあんただけだ」

「俺は、おまえたちを信じていない。だから、一人で話をするつもりはない」

城島がさらに言う。

「これから先はさ、ちょっと微妙な話になると思うんだよね。他人に知られたくないこともあるんじゃないかと思ってさ……」

カクはしばらく無言だった。

やがて、中国語で何か言った。すると、運転席と後ろの二人が車を降りた。彼らは、車を取り囲むようにして警戒している。

カクが言った。

「微妙なことというのは何だ？」

「グォ・ユーシュエン」

城島が言った。「発音は合ってるかな」

「俺の名前がどうしたというんだ」

諸橋は言った。

「重要なことだろう。名前を知っているということは、あんたの正体も知っているということだ」

カクはふんと鼻で笑った。

「公安に訊けばわかることだ」

彼は落ち着いているように見えるが、実はそうでもなさそうだ。これまでは、鼻で笑うといった感情の動きを見せなかった。

諸橋は言った。

「別にあんたの正体をネタに脅しをかけようとか、そういうことじゃない」

「俺に会いにきた目的を知りたい」

カクは少々苛立（いらだ）っている様子だ。

無理もない。仕事の邪魔をしていると思われているに違いない。

「平賀のあとを、俺たちが引き継ぐってのはどうだ？」

「何の話だ？」

「世界的な物流の混乱につけ込んで、コンテナを囲い込もうとしている中国人がいると聞いている」

カクは正面を向いたままだ。だから諸橋からは彼の表情は見えない。関心のない振りをしているが、聞き耳を立てているのがわかる。

諸橋は続けて言った。

「そいつが、日本でもコンテナをかき集めようとしている。そして、そいつを手引きしているヤクザがいる」

カクが言った。

「それがどうした」

「平賀はその件を追っていたようだが、暴力団担当の彼が中国人を摘発しようとするのは、筋違いだと、ここにいる城島が言っている。俺もそう思う」

「何が言いたいのかわからない」

「つまり、平賀はその中国人の手先となって動いていたヤクザを追っていたんじゃないかということだ。それなら筋が通る。そして、平賀を殺したのは、そのヤクザなんじゃないかと、俺たちは考えているわけだ」

「俺に会いにきた理由の説明になっていない」

「平賀のあとを引き継ぎたいと言っただろう。あんたと平賀は協力関係にあった。その関係を引き継ぎたいということだ」

カクはしばらく無言だった。

何を考えているかわからない。諸橋は、こちらの申し出を検討しているのだと思いたかった。

ここは黙っているべき場面だと、城島もわかっているようだ。

やがて、カクが言った。

「俺と平賀には、役割分担があった」

諸橋は言った。

「あんたは、中国マフィアを追う。平賀は、そいつらに便宜(べんぎ)を図っているヤクザを追う。そういうことだろう」

「だから……」

カクが上半身をひねって諸橋のほうを向いた。「俺がやることについて、口出しは許さない」

「いいだろう。俺たちの仕事は、そのヤクザを突きとめて、捕まえることだ」

カクが、諸橋をしばらく見据えてから前に向き直った。これまで、幾多のマルBを相手にしてきた諸橋でさえ、ぞっとするような眼だった。

「俺に会いにくるのに、面倒なことをしたな」

直接会いに行くのではなく、中華料理店の従業員をツナギに使ったことを言っているのだ。

諸橋は言った。

「それなりに気を使うさ。露骨に刑事が出入りをすると迷惑だろう」

「その気づかいがなければ、こうして会うことはなかった」

カクは車を降りようとした。

「待てよ」

諸橋は言った。「今後、どうやって連絡を取ればいいんだ？」

「こちらから連絡する」

「そいつは不便だな」

「一度連絡を取ってから考える」

カクが車を降りた。

するとまた、四人の男たちが車に乗り込んできた。運転手は無言のまま車を出す。ふ頭を離れると、車はみなとみらいに向かった。

そして、署の前で停まった。

城島が言った。

「送ってくれるとは思わなかったな」

男たちは何も言わない。

諸橋と城島が降りると、車はすぐさま走り去った。

そのときになって、諸橋の全身からどっと汗が噴(ふ)き出した。自覚はなかったが、ひどく緊張していたようだ。

その様子を城島に見られたくないと思った。

暴対係の席に戻ると、諸橋はぐったりと椅子の背もたれに体を預けていた。城島が、係長席の脇にあるソファに座った。そこが彼の定席だ。

浜崎たち係員は皆出かけている。

城島が言った。

「いやあ、生きた心地がしなかったな」

諸橋はこたえた。

「意外だな。おまえは緊張などしないと思っていたが」

「そんなわけないだろう。あんな相手は初めてだよ」

「ともかく、カクは俺たちのオファーを受け容れたということだな」

「だといいがな……」

城島が思案顔で言った。「あいつは、中国マフィアとつるんでいたヤクザのことを知っているかな……」

「どうだろう。とにかく、連絡を待つしかない」

「そうだな。のこのこ訪ねていったら今度こそ殺されかねない」

城島が出入り口のほうに眼をやった。「おい、面倒なやつがやってきたぞ」

いつもならそれは、笹本の来訪を告げる言葉なのだが、今回は違った。

捜査一課の北詰と岩城だった。

北詰は明らかに頭に来ている様子だ。彼は係長席の脇に立つと、嚙みつかんばかりの表情で言った。

「あんた、どういうつもりなんだ？」

諸橋は聞き返した。

「何の話だ？」

「福富町に出かけただろう」

「昼飯を食いにいった。本場の中華料理が味わえる店がある」

「ふざけるな。伊知田が匿われていた場所を訪ねていたんじゃないのか」

「行った」

別に隠すことはない。認めると、逆に北詰は肩透かしを食らったように一瞬、戸惑った表情になった。

「平賀が伊知田をそこに匿ったんだな」

「そうだ」

「勝手なことをするな」

「勝手なこと……？　俺たちは伊知田の詐欺事件を調べているんだ。彼が潜伏していた場所を調べて何が悪い」

「殺人の捜査の邪魔になる」

「俺たちには、俺たちの仕事があるんだ。そっちこそ、勝手なことを言うな」

諸橋だって、平賀殺しの犯人は捕まってほしいと思う。だから、捜査一課に協力することはやぶさかではない。だが、それも、相手の出方次第だと思った。

16

「平賀が伊知田を匿っていたのは、福富町のどこなんだ?」

北詰が尋ねた。諸橋は質問にはこたえず、聞き返した。

「それを知ってどうするつもりだ?」

「もちろん、調べに行く。必要ならガサをかける」

冗談じゃない。今、カクのところにガサなどかけたら、永遠に彼の協力は得られなくなるだろう。

「公安から何か聞いていないのか?」

「何も教えてくれなかった。ふざけたやつらだ。知っていることを話さないのは、捜査の妨害だ。そのうち痛い目にあわせてやる」

「痛い目ってのは、どういうことだ?」

「痛い目は痛い目だよ」

「仲間に暴力を振るったら、懲戒だよ」

「ふん。知ったことか」

「平賀が伊知田を匿った場所は、公安が知っている」

「公安の誰だ?」

「外事二課の保科だ」

「そいつが、事情を知ってるんだな」

城島が言った。

「保科はきっと、何も教えてくれないよ」

「教えてくれないだと……」

「一度、公安に質問にいったけど、何も教えてくれなかったんだろう？　保科だって同じだと思うよ」

「じゃあ、あんたらが教えろ」

「いやあ……」

城島が頭をかいた。「俺たちだって、公安に睨まれるのはいやだよ。敵に回すと、やつら、一日中行確をやるからな」

「四の五の言ってんじゃねえよ。こっちは、さっさと真犯人を挙げたいんだ」

「そりゃあ、俺たちだってそう願っているさ」

警察の強みは組織力だ。諸橋は百も承知だ。そして、その組織力を発揮できない場合の最大の原因は、内部の対立だ。

つまり、いがみ合っていては、実力の半分も発揮できないということになる。捜査員同士が協力し合えれば、部署の壁を越えることができる。

北詰の態度は不愉快だが、平賀殺しの犯人を挙げるためには、彼らとの協力は不可欠だ。

……というか、平賀殺しは北詰たちの事案なのだ。

「カクという中国人がいる」

諸橋が言うと、北詰は眉間に皺を寄せた。

「何の話だ？」

「福富町にビルを持っている。かつてソープが入っていたビルらしい。一階が中華料理店、二階から上が、簡易宿泊施設だ。ドミトリーと呼ばれているらしい」

北詰は表情を変えず、じっと諸橋を見つめている。諸橋はさらに言った。

「伊知田はそこに匿われていた」

ちらりと城島を見ると、彼はあきれたような顔をしていた。諸橋が、北詰に対してぺらぺらとしゃべりはじめたことが信じられないのだろう。

北詰が言った。

「そのカクってのは何ものだ？」

「それは、俺の口からは言いたくない。だから、公安に訊いてくれと言ったんだ」

「もったいぶるなよ」

「別にもったいぶっているわけじゃない。たぶん、カクのビルにガサをかけたところで、何も出ないはずだ」

「やってみなけりゃわからないだろう」

こいつらは、本気でやるつもりかもしれない。それが普通の捜査の手順だと考えているのだ。

「今カクに触られると、聞き出せるものも聞き出せなくなる」

「だから、そういうのは捜査一課に任せろよ」

「外事二課に言ってくれ」

北詰はまた、諸橋を見据えた。おそらく、その目つきに自信を持っているはずだ。反社の連中をもびびらせる眼差しだ。

だが、諸橋も城島もたいしたものではないと思っていた。

「また来るぞ。そのときには、もっとましなことを話してもらう」

それが捨て台詞だった。

北詰と岩城が出ていくと、城島が諸橋に言った。

「カクのことを、あいつに話すとは思わなかったな。あいつ、話を聞きに行くぞ」

「適当にあしらってくれればいいが……」

「それは希望的観測だなあ。カクは、俺たちに裏切られたと思うかもしれない」

諸橋は警電の受話器を取った。

「外事二課の保科に連絡してみよう」

部署の電話にかけた。携帯電話の番号を知らなかった。県警本部に不在だったが、電話を転送してもらった。転送先は、おそらく彼の携帯電話だ。

「はい……」

電話に出たが名乗らない。さすがに公安は用心深い。

「みなとみらい署暴対係の諸橋だ。捜査一課の北詰というやつが、あんたを訪ねていくと思う」

「俺の名前をそいつに伝えたということか?」

「平賀殺害のことを調べている刑事だ。一度、公安を訪ねたと言っていたが……」

「ああ、知っている。だが、刑事に教えることは何もない」

「カクのことを教えた」

「彼の正体を伝えたということか?」

「いや、そうじゃない。平賀が伊知田を匿ったのが、カクがやっている簡易宿泊施設だったと伝えた」

「本当にそれだけだな?」

「それで北詰は、カクの素性を知りたがって、あんたを訪ねるというわけだ」

「迷惑な話だ」

「刑事が殺されたんだからな。多少の迷惑は我慢してもらわないと……」

「話はそれだけか?」

「今日、カクに会った」

「それで……?」

「それだけだ」

「そうだろうな」

「カクと接触したことを責めないのか？」

「どうせ何もしゃべらなかったんだろう？」

「まあな……」

「会いに行っても無駄だということがわかったはずだ」

カクとの経緯を話そうかと思った。だが、まだ早いと思い直した。

カクが連絡を寄こすかどうかは、まだわからない。音沙汰なしでまた元の木阿弥（もくあみ）ということもあり得る。だから、保科に何かを伝えるのは動きがあってからでいいと判断した。

「平賀が殺されたことを、カクはどう思っているだろう」

諸橋が言うと、保科は聞き返してきた。

「なぜ、そんなことを訊く？」

「彼の行動に何か変化があるかもしれない」

「おそらく変化などない。カクの関心はあくまで同胞の犯罪と国家に対する反逆行為だ」

「だが、一時的にせよ平賀と協力し合っていたはずだ」

「カクにとって、何か利用価値があったんだろうな」

「平賀が中国マフィアのことを調べていたという情報がある。何か知らないか？」

「知らない」

「中国担当だろう？」

「マフィアは国際捜査課の仕事だ」

政治犯やスパイでなければ興味はないということか。公安は、はっきりしている。

「カクはその件で平賀と協力していたらしい」

「それで？」

「興味があるかと思って話したんだがな」

「私たちの仕事じゃない」

「そうか。捜査一課の件、済まんがよろしく頼む」

「わかった」

電話が切れた。

城島が尋ねた。

「何だって？」

「俺たちがカクのところを訪ねたことは、何とも思っていない様子だ」

「へえ」

「中国マフィアの件も、国際捜査課の仕事だと言っていた。まるで関心がなさそうだった」

「公安のことだ。わからないぞ。やつら、無関心を装って、必死で調べたりするからな」

「実は、中国マフィアの情報に興味津々かもしれないということか」

「少なくとも、カクが関わっているのだから、関心がないわけがない。公安はポーカーフェイスなのさ」

「なるほどな……」

「相手は携帯電話だったのか？」

「そのようだ」

「公安は携帯電話を持たずに、いまだに公衆電話を使っているんじゃないかと思っていたけどね」

「そんな時代じゃないさ」

　携帯電話を持っていないというのは、大げさだ。公安捜査員はそれくらいに用心深いという喩(たと)えだと、諸橋は思っている。

　城島が言った。

「カクが連絡を寄こすと思うか？」

「さあな。だが、そう期待するしかない」

「俺たちは、中国マフィアの手先だったマルBを見つけなきゃならないな」

「考えていたんだが、それは俺たちの仕事だろうか」

「マルBなんだから、暴対係の仕事だろう」

「みなとみらい署管内の事件じゃない」

「伊知田の件は、うちの管内だった。それから派生した事件だ」

「おまえは楽観的でいいな」

「ああ。係長じゃないんでな」

「北詰は嫌なやつだが、たしかに平賀殺しは捜査一課の仕事だ」

「だから？」

「彼らに協力するという形にすれば、俺たちは堂々と平賀の件を捜査できる」

城島が笑みを浮かべた。そのほほえみの意味はわからない。

「大義名分が必要なんだな」

「警察というのはそういうところだ」

「俺には異存はないよ。北詰に恩を売ってやると思えばいい」

諸橋はうなずいた。


北詰と連絡が取れたのは午後四時過ぎだった。

「何だ？」

電話に出た北詰は、先ほどよりも機嫌が悪そうだった。おそらく、保科にすげなくあしらわれたのだろうと諸橋は思った。

「平賀の件で、協力したい」

「今さら何を言ってるんだ」

「俺たちは、マルＢや福富町の事情をある程度知っている。だが、平賀殺害の件はあくまで捜査一課の仕事だ。だから、情報を共有するのが一番だと思ったわけだ」

「福富町の事情とやらを話す気になったということか？」

「協力態勢を取れるのなら、話してもいい」

「話は聞いてやる」

「そっちがどこまで調べているのかを教えてもらわないと協力態勢とは言えない」

「本部の情報を所轄に伝える必要などない」

やはり嫌なやつだが、ここで腹を立てても仕方がない。

「平賀を殺したのは、おそらくマルＢだ。だから、そいつを挙げるためには、俺たち暴対係と手を組んだほうがいい」

無言の間があった。

「あんたらみなとみらい署の暴対係が、捜査本部に加わるというのか？　俺の一存じゃそんなことは決められない」

「あんたの、独自の情報源だと思えばいい」

また間があった。

諸橋は畳みかけるように言った。

「外事二課の保科からは、何も聞き出せなかったんだろう？　福富町の情報が欲しくないのか？」

かすかな唸り声に続いて、北詰の声が聞こえてきた。

「いいだろう。詳しく話が聞きたい」

「こっちに来れば、話をするよ」

「すぐに行く」

電話が切れた。

そして、本当に十分ほど経った頃、北詰と岩城がやってきた。

「話を聞こうか」

諸橋は、彼らに来客用のソファァを勧めた。先ほどとは待遇が違う。友好の印だ。

そして、諸橋と城島はテーブルを挟んで彼らと向かい合った。

「平賀が伊知田を匿ったのは、カクが所有しているビルにあるドミトリーだったという話はしたな」

「そのカクってのは何者だ？」

「福富町の住人だ」

「だから、素性を訊いてるんだ」

「外事二課が教えなかったんだな？　だったら、俺の口からは言えない」

「公安の片棒を担ごうってのか？」

「捜査に支障がない限り、秘密にしたほうがいいことは伏せておこうと思ってな」

「秘密にしたほうがいいことって何だ？」

城島が言った。

「つまり、知らなくてもいいことさ。知ったのを後悔するようなこととか……」

北詰が城島を睨んだ。すごんでも無駄だということが、まだわかっていないようだ。

「捜査一課をなめてるのか」

城島は平気な顔で言う。

「あんたも、公安をなめないほうがいいよ。彼らは国家の問題を相手にしているからな」

「ふん。もったいぶっているだけだ」

諸橋は言った。

「世の中には本当に知らないほうがいいことがある。できれば、俺も知りたくはなかった」

北詰がほんの少しだけたじろいだように見えた。諸橋の言うことが、虚仮威し（こけおど）ではないと気づいたようだ。

「……で、そのカクと平賀はどういう関係なんだ？」

「平賀はそいつから情報を得ていたらしい」

これは嘘ではない。ただ少し言葉が足りないだけだ。

北詰が何か言う前に、諸橋は言葉を続けた。

「中国マフィアが国内であくどいビジネスをやろうとしていて、日本のマルBがその手引きをしているらしい。平賀はそのマルBを追っていたんだ」

北詰の眼が鋭く光った。

「そのヤクザが平賀を殺したって言うのか？」

捜査一課は伊達ではないようだ。

「それはまだ確認が取れていない」

諸橋は言った。「だが、俺はそう思っている」

「そのヤクザってのは何者だ?」

「わからない。だが、必ず見つける」

「見つけたら手を出すな。捜査本部が対処する」

「それは約束できない。俺たちは臨機応変にやる」

北詰はしかめ面をした。

「所轄が突っ張るような事案じゃないんだ。刑事が殺されたんだぞ。県警本部全体が躍起になっている」

「それは理解しているつもりだ。その上で、俺たちは独自に動く」

「捜査本部に情報を寄こして、おとなしくしていろ」

「それでは問題のマルBを見つけられない」

平賀がいない今、カクとやり取りできる警察官は自分と城島だけだと諸橋は思っている。それを北詰に教えるわけにはいかないが、ここで引くわけにもいかない。

「だからさ」

城島が言った。「手を組もうって言ってるわけだ。そのマルBを見つけたら、身柄はそっちに渡すよ」

「どうやって見つけるつもりだ?」

「そりゃ、蛇の道は蛇ってやつだよ」

「マル暴にはマル暴のやり方があるってことか?」

「そのとおり」

「それで……？」

北詰が諸橋に尋ねた。「そっちの望みは何なんだ？」

「別にない」

「何もないのに、ただ協力したいって言うのか？」

「見返りがほしいわけじゃない。それが警察ってもんだろう」

「信用できないな」

「平賀を殺した犯人を一日も早く挙げてもらいたい。そのために手を貸す。それだけのことだ」

北詰はしばらく諸橋を見つめていた。

やがて彼は言った。

「わかった。いいだろう。みなとみらい署の協力を得ていることは、管理官に伝えておこう」

諸橋はうなずいた。

「手を貸してくれるとなれば……」

北詰が言った。「これまでの失礼を詫びなけりゃならないな、警部殿」

少しも詫びている口調ではなかった。

だが、北詰なりの歩み寄りなのだろう。突っぱねる必要はないと、諸橋は思った。

「じゃあ、連絡を待ってるぞ」

北詰が席を立ち、岩城がそれに従った。

二人が去って行くとほどなく、諸橋の携帯電話が振動した。非通知だった。

「はい、諸橋」

「さっきのふ頭に来てくれ。午後十時だ」

カクの声だった。

17

決して寒くはないのだが、何だか指先がこわばっている。もしかしたら、自分は震えているかもしれないと、諸橋は思った。

城島は平気そうだが、彼もカクは恐ろしいと言っていた。

ふ頭に呼び出されるのはいい気持ちがしない。港に自分の死体が浮かぶイメージが湧いてくる。

本牧ふ頭まではタクシーを使った。地下鉄で行っても、途中からずいぶん歩かなくてはいけない。

とても歩く気になれなかった。

タクシーを下りると、城島が言った。

「あいつら、なんでわざわざ平賀の死体が揚がった場所で話をしたがるんだ?」

諸橋はこたえた。

「さあな。警告したいのかもしれない」

「警告?」

「ヘタを打つと、平賀のようになるという警告だ」

「そんなの、言われなくてもわかってるんだけどな」

「念には念を入れて脅しをかける。それが、やつらのやり方なんだろう」

諸橋は立ち止まった。

背後に気配があった。

諸橋が振り向くと、城島も同時に振り向いた。

そこにカクが居た。

諸橋は言った。

「何の用で呼び出したんだ？」

「俺は警告などしない」

「俺たちの話を聞いていたのか」

「警告など必要ない」

城島が言った。

「そうだな。警告ってのは、つまり、気をつけろと言ってくれることだからな。むしろ親切だ。警告などせずに殺すほうがヤバいよな」

それに対してカクは何も言わなかった。

「ちゃんと連絡が取れるかどうか、確認した」

諸橋はこたえた。

「そして俺たちは素直に呼び出しに応じた。何か聞かせてくれるんだろうな」

「チョウ・ムーチェン」

「何だって?」

「日本語読みだと、周沐辰(しゅうもくしん)だ」

諸橋はようやく理解した。

「それが、中国マフィアの名前か?」

「もともと運送業だが、そのうちに違法なものを運ぶようになった。やつはどんなものでも運ぶと言われている」

城島が言った。

「薬物のシンジケートなんかにとってはありがたい存在だな。薬物の商売で一番面倒なのが輸送だと言われている」

カクが言う。

「人も運ぶ」

諸橋は尋(たず)ねた。

「人身売買ということだな」

「中国の農村部の若い女に仕事や留学の世話をすると言って海外に売る」

「なるほどな……」

城島が言った。「かき集めたコンテナが空(から)ならそんなに問題はないと、伊知田(いちだ)が言っていたが……」

諸橋は質問を続けた。

「そのチョウというやつは、どこにいる？」

「居場所がつかめない」

「まさか。天下の公安部だろう」

「公安部は犯罪捜査の専門家というわけではない」

カクの言いたいことはわかった。

犯罪捜査など下級の司法組織のやることで、自分らは思想信条を取り締まり国家の安全保障に寄与する高等な仕事をしている。そういう自負があるのだろう。

日本の公安も、おそらく似たようなプライドを持っている。

城島が言う。

「でも、あんたはそのチョウというやつを追っているんだろう？」

「追っている。彼は危険な人物だ」

「危険？　残忍なやつだということか？」

「もちろん残忍だ。だが、それだけではない。おそろしく頭がいい。彼は北京（ペキン）大学を出たエリートだ」

「北京大学……」

諸橋は言った。「日本でいうと東大みたいなもんか」

「たしか共産党の直轄なんだよね」

カクがこたえた。

「副部級大学という。国家重点大学のうち、特に重要なものを副部級大学にしている」

城島は妙なことを知っていて、時々驚かされる。

諸橋は言った。

「じゃあ、チョウは将来を嘱望されていたわけだな」

「党と国家のために働くための人材だった。それが、いつしかマフィアになっていた」

城島が尋ねた。

「党や政府で働いたことはないのか?」

「ない。彼はまだ三十二歳だ」

諸橋はその言葉に驚いた。

「三十二歳? そんなやつが、世界相手にビジネスをしているというのか?」

城島が付け加える。

「それも裏社会のビジネスだ」

カクがこたえる。

「わが国では珍しいことではない。だが、国家に不利益をもたらすような行為は許すわけにはいかない」

諸橋は聞き返した。

「国家に不利益をもたらすような行為……?」

「自分の商売のために、国家の情報を他国に洩(も)らすような行為だ」

城島が言う。

「特に、アメリカに洩らすとか……」

カクは何も言わなかった。

アメリカと聞くだけで不機嫌になった気がする。

「警告もせずに殺すようなやつは危険だと言っていたが……」

カクが城島を見て言った。「それは私ではなく周沐辰のことだ。やつは顔色一つ変えずに人を殺す。相手が誰だろうとまるで機械のように平然と殺す」

話を聞いているうちに、嫌な気分になってきた。

刑事をやっていると、時折そういうやつに出会う。感情の起伏が乏しく、涼しい顔をして人を殺すのだ。そういう連中は、感情をむき出しにする粗暴なやつらよりもずっと始末が悪いことを、諸橋は知っていた。

チョウというのは、そういうやつなのだろう。それにしても、三十二歳とは……。

「そのチョウが……」

諸橋は言った。「日本国内で使っていたヤクザがいた。それを、平賀が追っていたわけだが、そのヤクザのことを知っているか？」

「知らない。それを突きとめるのは、そっちの役割だったはずだ」

「チョウは日本にいるのか？」

「わからない。巧妙に潜伏している。海外にいることが多いので、足取りがつかみにくい」

城島が言った。

「その謎のヤクザを見つければ、チョウの居場所もわかるかもしれないね」

この言葉に、カクが珍しく反応した。彼は城島を見つめて言った。

「不用意に接近しないことだ。周沐辰は、こちらの動きを察知したとたん、完全に地下に潜るだろう。そうなると、発見することはできなくなる」

城島が肩をすくめた。

「しかしね。周囲に質問をしないと、足取りをつかむこともできない」

カクはしばらく城島を見据えていた。

諸橋は言った。

「俺たちもプロなんだ。慎重にやるよ」

カクが言った。

「日本の警察がプロだって？　我々から見れば、とてもそうは思えない」

城島がにっこりと笑って言った。

「おそらくそれは、間違いだ」

カクは城島を見たまま言った。

「そのヤクザを見つけたら、必ず私に知らせるんだ」

城島が笑顔のまま言う。

「ずいぶんと上から目線だな」

「立場は私が上だ」

それについては異論があるが、ここでは言わないことにした。

諸橋は言った。

「知らせてもいい。だが、そいつをどうするかは俺たちが決める」

カクは無表情のまま言った。

「必ず知らせろ」

彼は踵を返した。

「待てよ」

諸橋が言った。「こちらからも連絡を取れるようにしてほしいんだが」

カクは背を向けたまま言った。

「またこちらから連絡する」

「そういうのを協力とは言わないんじゃないのか」

「俺はまだ、おまえたちを信用したわけではない」

そして、彼は歩き去った。

彼の後ろ姿が小さくなると、城島がふうっと大きく息をついた。

「いやあ、会うたびに肝を冷やすな」

「同感だな」

「チョウ・ムーチェンか……。外事二課に確認を取ってみようか」

「おまえ、電話するか？」

「そういうのは、係長に任せるよ」

署に戻ると、諸橋は外事二課の保科に電話をした。今回も携帯電話ではなく警電だ。

「何だ？」

「チョウ・ムーチェンという人物を知っているか？」

すぐにこたえがなかった。

その一瞬の沈黙は何を意味しているのか、すぐにわかった。驚いていたようだ。

「どこでその名前を聞いた？」

「カクからだ」

また保科が沈黙した。今度はちょっと長かった。

「カクとまた話をしたということか」

「呼び出されたんだ。本牧ふ頭まで来いと言われた」

「本牧ふ頭……。マル暴刑事の遺体が発見された場所じゃないか」

「ああ。だから俺たちも消されるんじゃないかと、かなりびびっていた」

「カクから何かを聞き出すなんて、信じられないな」

「チョウ・ムーチェンを知っているのか？」

「知っている。共産党のエリートだ。国費で留学したこともある」

「どこに留学したんだ？」

「カナダだ」

「党や政府に勤めたことはなかったと聞いたが……」

「スパイ容疑をかけられたことがある。それ以来、彼の国や党に対する姿勢が少々変化した」

「どう変化したんだ？」

「警戒するようになった。恐れていたのだろうな。容疑をかけられたときに、ずいぶんひどい目にあったんだろう」

「拷問とか……？」

「そうだな。肉体的にも精神的にも追い詰める。中国はそういう国だ」

「つまり、チョウは国を信用しなくなったわけだ」

「エリートとしての道は閉ざされた。その代わりに彼はビジネスに没頭していく」

「ビジネス……。具体的には？」

保科がこたえた。

「ぽっと出の若いのが、手っ取り早く稼げるのは薬物だよ」

「だが、そういう商売には伝手が必要だ」

「カナダ留学時代の人脈を利用したんじゃないかと思う」

「伝手だけじゃなく、度胸とか非情さとかも必要なんじゃないか」

「周沐辰には、その両方があった。薬物で荒稼ぎをして、その金を元手に運送業を始めたんだ」

「やり手の薬物密売人だった過去があり、今もたちの悪い仕事をしているとしても、カクがマークする相手じゃないような気がする」

「あんたの言うとおり、カクは相手がマフィアだからといって検挙したりはしないだろう」

「だが、実際、カクはチョウを追っているのだろう」

「もともとスパイ容疑がかかっていた。そして、今は影響力を強めている」

「影響力？」

「カナダ留学の経験のあるチョウは、民主派なんだよ」

「民主派のマフィアか」

「別に矛盾はしないさ。そして、それは中国政府にとっては面倒な存在ということになる」

諸橋はしばらく考えてから言った。

「西側とビジネスの付き合いがあり、金を持っている……」

「そう。もともと彼は、中国政府を恐れており、そして憎んでいる」

「なるほどな……」

「正直、驚いているんだが……」

「何の話だ？」

「カクと話ができるだけで驚きだが、さらにやつから、周沐辰のことを聞き出すとは……」

「聞き出したわけじゃない。向こうからしゃべりはじめたんだ」

「カクは、何かメリットがあると判断したから、あんたを呼び出したり、周沐辰のことを話したりしたんだろう」

「どんなメリットだろう」

「そりゃあ、情報だろう。あんたに話をすれば、周沐辰のことを見つけてくれるとでも思ったんじゃないのか」

「カクはそれほどおめでたいやつじゃないだろう」

「まあ、たしかにそうだが……」

諸橋は、しばらく考えてから尋ねた。

「外事二課は、カクに対してどう動くんだ?」

「特に変わりはないよ。まずはルーティンの行確だな」

「周沐辰がスパイか反政府分子だとしたら、カクはやつを始末しようとするだろうな」

「上からどういう指令が出ているかによるな」

「外国人が国内で殺人をすることを認めるのか?」

「認めるわけがないだろう。だから、我々もやるべきことはやる」

「あんたらのやるべきことというのが何かよくわからないが、俺たちがやることとぶつからなければそれでいい」

「それにしても、カクから情報を引き出すとはな……。外事二課にスカウトしたくなるな」

「俺は今の仕事で満足している」

「そうだろうな」

電話が切れた。

諸橋は、今保科から聞いた話を城島に伝えた。

「へえ……」

城島が面白そうに言った。「民主派マフィアね」

「世の中、いろいろだ」

「カクは何が何でも周沐辰を見つけたいだろうな」

「俺たちは、周沐辰とつるんでいたマルBを見つけたい」

「……といっても手がかりがないなあ……」

城島が天井を見上げる。「事情を知ってそうなやつはいないかなあ……」

諸橋はこたえた。

「ペアの藤田にも秘密で行動していたようだからな……」

「とりあえず、ダメ元でその藤田に訊いてみるか……」

連絡を取ると、藤田はすぐに来ると言った。

その言葉どおり、十分後にはみなとみらい署に現れた。

城島が尋ねた。

「本部にいたのかい？」

「はい。暴対課は殺気立ってますよ」

「そうだろうね」

諸橋は尋ねた。

「平賀が追っていたマルBが誰か知らないか？」

「何人もいましたよ。自分らマル暴ですから……」

「平賀と何か因縁があるやつかもしれない」

「因縁ですか？　平賀さんと関わりのあるマルBはゴマンといますからね……」

「特に覚えている名前はないか」

「すいません。以前も言いましたが、平賀さんはいつも単独行動だったし、あまり話を聞いたことがなかったので……」

「そうか」

城島が尋ねた。

「平賀と仲がよかった同僚とか、知らない？」

「仲がよかった同僚ですか？　そうですね……」

藤田がしばらく考えていた。

やがて彼は言った。

「ああ、そう言えば、伊勢佐木署に親しい刑事がいたようですね」

「伊勢佐木署のマル暴か？」

「ええ。暴対係です」

「その刑事の名前は？」

「たしか、海江田（かいえだ）……」

諸橋はうなずいた。

「海江田なら、俺も知っている」

城島が藤田に言った。

「話を聞きに行ってみるよ。忙しいところ、済まなかったな」

「いえ、いつでも声をかけてください。諸橋係長と城島さんにお声をかけていただくなんて光栄です」

城島がそれにこたえた。

「こちらこそ光栄な言葉だがね、俺たちとつるんでいると、監察に睨（にら）まれるよ」

18

海江田芳明は、四十七歳の巡査部長だ。年齢キャリアともに係長になってもおかしくない人材だが、いかんせん昇任試験を受けていないので、警部補になれずにいる。

強面の実にマル暴らしいマル暴で、なるほど平賀とは気が合いそうなやつだと、諸橋は思った。

連絡すると、帰ろうと思っていたところだが、一杯おごってくれるなら話をしてもいいと言われた。

カクに会った後で、諸橋も酒が飲みたかった。

「いいだろう。どこにする？」

伊勢佐木署の近くの焼き肉屋に来るように言われた。

城島と二人で訪ねていくと、海江田はすでに個室で生ビールを飲みはじめていた。

城島もビールを頼んだ。諸橋はもっと強い酒を飲みたかったので、焼酎をロックでもらった。

グラスを合わせて、ビールを一口飲むと、城島が言った。

「個室とは気がきいてるな」

すると、海江田がこたえた。

「俺たちの話はさ、外には聞かれたくないことが多いからな」

「ただし、個室だからって安心して大声を出すなよ。安普請だから外に筒抜けになっちまうぞ」

「たしかにな」

諸橋は、一杯目を飲み干し、二杯目を注文してからさっそく質問を始めた。

「平賀と親しかったそうだな」

海江田は表情を変えなかった。

「ああ。まさか殺されるとはな……」

「何か心当たりはないか？」

「あんた、俺を疑ってるのか？」

「そういうことじゃない」

海江田は凄みのある笑みを浮かべた。

「冗談だよ。心当たりはないな。あったら、俺が真っ先に調べに行ってるさ」

「犯人はマルBじゃないかと、俺たちは考えている」

海江田がうなずいた。

「手口からみてもそうだろうな」

「最近、平賀はあるマルBをマークしていたようなんだが、それについて何か知らないか？」

「知らないな。お互いに手の内は見せなかったからな」

城島がうなずいた。

「わかるよ。俺たちだってそうだ」

諸橋は質問を続けた。

「だったら、マルBじゃなくて、外国人絡みなんじゃないのか？」

「そっちも当たってはいるんだが……」

海江田の眼が鋭くなる。

「そっちって何のことだ？」

「具体的なことは言えないが、中国マフィア絡みだ」

「おい。俺にだけしゃべらせて、そっちはダンマリか」

「話したくても話せないことがある」

「それ、俺には通らねえぜ」

諸橋は、しばらく考えた。平賀と親しかった海江田は、猛烈に腹を立てているはずだ。一方的に質問するだけだと、ぶち切れる恐れもある。

「伊知田は知ってるな？」

「ああ。田家川んとこの枝だろう」

「捜査二課が詐欺で逮捕した」

「聞いてるよ。それがどうした？」

「平賀は伊知田からいろいろと情報を得ていたようだ」

「何について?」

「中国マフィアだ。そいつは表向きは運送業者でな。世界中のコンテナをかき集めている。日本にも進出してきて、その片棒を担いだマルBがいるらしい」

「コンテナ……? なんだか、面白くもない話だな」

「そのコンテナにいろいろな物を積んで運んでいるということだ」

「普通では運べないような物だな?」

「そう。薬物とか武器とか女とか……」

「中国マフィアか……」

海江田はしばらく考え込んでから言った。「それで、そのマフィアに手を貸していたヤクザっていうのは、誰のことだ?」

「わからない。それを探しているんだ」

「その中国マフィアをとっ捕まえて訊いてみればいい」

それに対して、城島が言う。

「そいつがどこにいるのかわからないんだ」

「まさか……」

海江田が言った。「天下の日本警察がマフィア一人見つけられないというのか」

「海外にいるのかもしれない。とにかく、居場所がつかめない。それで、心当たりのあるやつはいないかと思って、こうやって尋ね歩いているわけだ」

「中国マフィアの話は知らねえなあ……」

「そのマルBってのは、もしかしたら平賀と何か因縁のあるやつなのかもしれない」

「因縁がある……」

「そうだ。そういう類の話を聞いたことはないか?」

「そう言えば……」

海江田はふと考え込んだ。

「何だ?」

「あるマルBのことを気にしていた」

「なぜ気にしていたんだ?」

「そいつは抗争事件で逮捕されて実刑判決を食らった。そして、収監中に病気の子供が死んだ。逮捕したのは平賀だった」

「ほう……」

「そのマルBは、子供に会いたがって、今逮捕するのは勘弁してくれと、平賀に言っていたそうだ」

城島が言った。

「平賀を怨んでいたということ?」

「平賀はそう言っていた」

諸橋は尋ねた。

「そのマルＢの名は？」

海江田がかぶりを振る。

「酒飲み話だ。名前までは聞いていない」

「平賀が挙げたということは、神奈川県内のマルＢだな？」

海江田は肩をすくめた。

「それも聞いていない。だが、あんたの言うとおり、神奈川県に住んでるやつだと思うがな」

諸橋はうなずいた。

「わかった。あとはこっちで調べてみる」

「俺も調べてみる」

海江田もじっとしてはいられない気持ちなのだろう。

諸橋は礼を言い、約束どおり勘定を払って店を出た。

城島が言った。

「逆恨み（さかうら）みだな」

「ああ。マルＢを逮捕するのが平賀の仕事だからな」

「そのマルＢに病気の子供がいることを、平賀は知っていたんだろうか」

「さあな。それは本人に訊かなきゃわからない」

「だが、もう訊けない」

「知っていたら、平賀は逮捕しなかったと思うか？」

「ばか言うなよ。俺たちにそんな裁量権はないよ。法に触れたやつがいたら、逮捕しなければならない」

「そうだな」

城島が言うとおり、警察官が自分の判断で逮捕したりしなかったりというのは許されることではない。

城島が言った。

「……で、これからどうする？」

「事情を知っていたり、噂を聞いているやつがいるかもしれない」

「病気の子供がいて、収監中に亡くなったという話か？」

「ああ。うちの係員たちに当たらせれば、何かわかるだろう」

「時間がかかるだろうな。もっと効率的な方法がある」

「神野（じんの）か？」

「ああ。やつなら、すぐに探り出せるだろう」

「わかった。今日はもう遅い。明日の朝、訪ねてみよう」

「そうだな」

城島は時計を見た。「十二時を過ぎたが、もう一杯だけやっていかないか？」

諸橋は同意した。強い酒をもう少しだけ飲みたかった。今しがた海江田から聞いた話が魚の骨のようにひっかかっている。

二人は、伊勢佐木町のバーに入り、城島はスコッチを、諸橋はアイリッシュウイスキーを注文した。

翌十月十七日火曜日の午前九時頃、諸橋は城島と共に神野を訪ね、前日に海江田から聞いた話を伝えた。

話を聞き終えると、神野は言った。

「子供の話はやるせないですねえ……」

「あんた、子供はいないだろう」

「実子はいませんが、稼業(かぎょう)の上での子は何人もいました」

今は岩倉(いわくら)一人だけだ。

「血縁関係があれば、もっと切実だ」

「そうでしょうね」

「今の話、過去に聞いたことはないか？」

「ありませんね」

「調べてもらえるか」

「もちろんです」

用は済んだので、帰ろうとした。

「あの……」

神野が諸橋を呼び止めた。

「何だ？」

「そいつが逆恨みして、平賀さんを殺したということでしょうか」

「そう単純じゃないと思う。いずれにしろ、相手を特定して、会って話を聞いてみなければならない」

「わかりました」

諸橋は歩き出した。城島が無言でついてきた。

みなとみらい署に戻ると、城島はいつものソファに座り、係長席の諸橋に言った。

「神野のとっつぁんは、心当たりがありそうだな」

「そう思うか？」

「ああ。問題は、そのマルBの名前を教えるかどうかだ。同じ稼業のやつを警察に売ったとなれば、神野の信用はがた落ちだ」

「神野の信用なんて、俺たちの知ったこっちゃない」

「そうもいかないぞ。神野の顔があってこそ、聞き出せることもあるんだ」

諸橋は複雑な気持ちで黙っていた。

城島が言った。

「俺は、神野のとっつぁんがすぐに連絡してくれると思うがね……」

「賭（か）けるか？」

「今日の昼飯はどうだ？」

九時半頃、神野から電話があって、城島が賭けに勝った。昼飯をおごらなければならない。

「名前は蓮田弘明(はすだひろあき)。羽田野(はたの)んとこの三次団体におりました」

「羽田野組ということは、関西系か？」

「そうです」

「おりました、というのは、今はいないということか？」

「もう組員ではないと聞いていています」

「どこで何をしている？」

「それは存じません」

「そうか」

諸橋は、礼を言うべきかどうか、しばらく迷ってから言った。

「恩に着るぞ」

「はい」

電話を切った。

諸橋は城島に告げた。

「対象者の名前がわかった。羽田野組の三次団体にいたやつだそうだ」

「話を聞きにいってみようか？」

「二代目のところか？」

羽田野組組長の羽田野繁は、四十歳のときにヒットマンに殺された。

その跡を継いだのは、若頭だった泉田誠一だ。城島が言った二代目というのは、この泉田のことだ。

永楽町一丁目にハタノ・エージェンシーという会社がある。社員の多くは堅気で、事業内容にも違法性はない。

だが、この会社が羽田野組のフロント企業であることは明らかだ。だから、県警の暴対課は常にマークしているし、諸橋たちも様子を見るためにしばしば訪ねる。

いずれ取り締まりの対象になるかもしれないが、今のところ泳がしているというのが実情だ。

午前十時頃、諸橋と城島はハタノ・エージェンシーを訪ねて、泉田に会いたいと告げた。

「お約束ですか？」

「いや。アポは取っていない。諸橋が訪ねてきたと伝えてくれ」

手帳を出すまでもない。

受付係は電話をした。

しばらくすると、泉田ではなく、尾木安弘という男がやってきた。総務課長だ。

「諸橋さん。どうなさいました？」

五十代初めのエリート臭のする人物だ。実際に、法務関係には詳しい。

「泉田にちょっと話を聞きたい」

「恐れ入りますが、質問の内容をあらかじめお教えいただけるとありがたいのですが」

言葉は丁寧だが、口調は冷ややかだ。

「かつて羽田野組の三次団体にいた構成員のことで訊きたいことがある」

「わが社は、まっとうな会社です。警察がいわれのない圧力をかけるのなら、こちらも法的措置を取らせていただきます」

城島が言った。

「そうとんがらないでよ。俺たちも困っているんだよ。そいつのことを知ってるやつが他にいなくてさ……」

諸橋は言った。

「とにかく、社長の意向だけでも訊いてみてもらえないか」

尾木はしばらく考えていたが、受付のカウンターに行き、受話器に手を伸ばした。泉田に電話をするようだ。

社長室に通されたのは、それから五分後だった。オフィスを見る限り、ごく普通の会社だ。社員のほとんどが堅気なのだから当然だ。

社長室も、どちらかというと質素な造りだ。暴力団事務所のような大きな神棚や提灯の類はない。

机の向こうで泉田が言った。

「おや、これは珍しい方がおいでだ。いったい何の用でしょう」

諸橋は机の前に立ったまま言った。

「ひょっとしたら、あんたなら知ってるんじゃないかと思ってやってきたんだ」

「どんなことでしょう」

「蓮田弘明という人物についてだ」

泉田は表情を変えずに言った。

「蓮田がどうかしましたか？」

「やはり知っていたか」

「先代の孫に当たる組にいました」

「あんたが組を継いだんだから、つまりはあんたのところの三次団体ということになるんじゃないのか？」

泉田はかぶりを振った。

「そう簡単じゃないんですよ。私が二代目になるときに、多くの組が離れて行きました。蓮田の親に当たるやつもそうでした」

「蓮田がいた組は、もうあんたのところと関係がないということか？」

「関係ありません。つまり、蓮田もうちとは関係ありません」

予防線を張っているのだ。つまり、蓮田が何をやろうが自分とは無関係だと言いたいのだ。

「蓮田がどこで何をやっているのか知りたいんだが……」

「知りませんね。繰り返しますが、わがハタノ・エージェンシーとは関係のない男です」

「最後に蓮田に会ったのはいつだ？」

「さあ……。もうずいぶん前のことになりますから、記憶にないですね」

城島が言った。

「なあ、あんたに関係ないんなら、協力してくれてもいいだろう。別にあんたやこの会社をどうこうしようってんじゃないんだ」

泉田は城島を見て薄笑いを浮かべた。

「もちろん、協力は惜しみませんよ。ただ、知らないことや覚えていないことはしゃべれません」

諸橋は質問を続けた。

「蓮田がいたのは何という組だ？」

「宇江木組(うえきぐみ)です」

それを受けて、城島が言う。

「何年か前に解散してるよね？」

泉田がこたえる。

「五年前ですね。暴対法や排除条例の締め付けで、シノギがままならなくなり、潰(つぶ)れました」

諸橋は尋ねた。

「宇江木組の組長だったやつは、今どこで何をしている？」

「関西に帰ったって噂を聞きましたがね……。知っているのはそれだけです」

「蓮田の消息を知ってそうなやつに心当たりはあるか？」

泉田はかぶりを振った。

「ゲソ抜けしたやつのことなんてわかりませんよ。ましてや、そいつがいた組は解散してるんだ。言ったでしょう。私とはもう何の関係もないんだって」

諸橋は城島の顔を見た。質問を続けるかどうか無言で尋ねたのだ。城島は肩をすくめた。これ以上は無駄だろうという意味だ。

諸橋は言った。

「邪魔したな」

泉田が言う。

「いつでもどうぞ。歓迎しますよ」

ハタノ・エージェンシーを出ると、城島が言った。

「県警本部の暴対課なら、宇江木組について何か知っているかもしれない」

「藪蛇になるのは避けたい」

「つまり、暴対課が宇江木組や蓮田について調べているのが、周沐辰の耳に入るのを恐れているわけだな」

「暴対課は平賀殺しの犯人を見つけたくて躍起になっている。宇江木組の名前を聞いたとたん、派手に動きだすだろう」

「周沐辰は頭のいいやつらしいから、すぐに何が起きてるか勘づくよね」

「そういうことだ」

「じゃあ、どうする?」

「平賀が追っていたマルBの名前がわかったら教えると、カクと約束していたな」

「県警本部には伝えず、カクに教えるってことか?」

「最良の方法じゃないかもしれないが、少なくとも周沐辰にこっちの動きが洩れることはないだろう」

城島はあっさりとうなずいた。

「まあ、今はそれしかないな」

「カクからの連絡を待とう」

二人は、みなとみらい署に戻ることにした。

19

十一時頃、みなとみらい署に戻った。浜崎(はまざき)たち四人が顔をそろえていたので、諸橋は言った。

「蓮田弘明という男を捜(さが)してほしい」

浜崎が尋ねた。

「何者ですか？」

「羽田野組の三次団体にいたやつだ。今は組を離れている」

「足を洗ったってことですか？」

「組を離れたが、すっぱり足を洗ったかどうかはわからない」

浜崎は「わかりました」と言ったが、八雲(やくも)が納得しなかった。

「どうしてその男を捜すんです？」

諸橋はこたえた。

「平賀殺害に関わっている可能性がある」

八雲がさらに言う。

「じゃあ、捜査本部の事案でしょう。俺たちが捜査していいんですか？」

「あまりよくない」

そうこたえたのは、城島だった。「だから、なるべく人に知られないように捜してくれ」

「ジョウさん、そいつは無理じゃないですか。俺たちが聞き回れば、当然人に知られることになります」

「そこをうまくやるんだよ。この事案はな、本部の捜査一課だの、捜査二課だの、暴対係だの、公安外事二課だのが絡んでいて、面倒くさいんだよ」

八雲は肩をすくめた。「わかった」ということだろう。

倉持が、おずおずと発言した。

「あの、よろしいですか？」

「何だ？」

「その蓮田という人物を見つけたら、どうすればいいんですか？」

諸橋はこたえた。

「触るな。そして、すぐに俺か城島に報告するんだ」

倉持も浜崎同様に「わかりました」と言った。

四人はすぐに出かけていった。

二人だけになると、城島が言った。

「俺たちが蓮田を捜していることを、チョウ・ムーチェンは勘づくだろうか」

「その前に見つけたい」

「どこにいるんだろうな」

「チョウ・ムーチェンか？　海外かもしれないとカクが言っていたな」

「カクが日本国内にどれくらいの情報網を持っているのか知らないが、あいつもチョウを追っているはずだ」

「中国公安部のやつに、日本国内で好き勝手やってほしくないな」

諸橋のこの言葉に、城島はうなずいた。

「あいつは、日本を自分のものだと思っているんじゃないのか？」

「だったら、そんな間違いは正すべきだ」

城島が時計を見た。

「十一時半になったら、飲食店のランチの時間だな。中華街でも行く？」

「陳(ちん)さんの店か？　悪くないな」


陳文栄(ぶんえい)は、いつもと変わらずにこやかに、諸橋と城島を迎えた。

「いつもの席をご用意いたします」

店の奥にあるテーブル席で、内緒話ができる。

二人がテーブルに着くと、陳文栄は言った。

「ランチメニューをお持ちします」

「いいよ」

城島が言った。「いつものあんかけチャーハンだ」

諸橋も同じものを頼んだ。注文を厨房に通すと、陳文栄もテーブルに向かって座った。

「先日は少々、大人げない態度を取り、申し訳ありませんでした」

諸橋はこたえた。

「別に謝ることはありません。大人げない態度などではありませんでした」

城島が付け加える。

「ずいぶんと怯えていたようだったけどね」

陳文栄はうなずいた。

「ええ、怯えておりました。まさかこの店で、彼の名前を聞くとは思ってもいませんでしたので……」

諸橋は言った。

「ご心配はご無用です。俺たちはカクとはうまくやっていますので」

陳文栄は相変わらず笑みを浮かべてはいるが、その眼に厳しい光が宿った。

「うまくやっているというのは、どういうことです？」

「ある事案について、協力態勢にあるということです」

「それは驚きですね。警察と彼らが手を組むなど、考えられないことです」

「もちろん、俺たちが中国の政治犯を検挙することはありません。あくまでも犯罪捜査に限ります」

それでも、陳文栄の瞳の奥にある警戒の色は消えない。それはどうしようもないのだと、諸橋は思った。

彼ら中国人は、自国の司法機関をずっと恐れて暮らしていかなくてはならない。諸橋がどうこうできる問題ではない。

「蓮田弘明という男を知っているか？」

「蓮田ですか……。いいえ、存じません」

「じゃあ、チョウ・ムーチェンは？」

陳文栄の眼がますます厳しくなる。

「存じません」

表情は変わらないが、明らかに動揺しているのがわかる。

料理が運ばれてきたが、諸橋は陳文栄の眼をじっと見つめていた。

やがて、陳文栄が言った。

「さあ、冷めないうちにお召し上がりください」

諸橋は言われたとおり、レンゲを手にして食事を始めた。

うまいものを食べるときにはそれに集中することにしている。話は食事のあとだ。

城島も諸橋も早食いなので、食事はすぐに終わった。茶を飲んでいると、陳文栄が言った。

「諸橋さんや城島さんに協力したいのは山々ですが、それが難しい場合もございます」

「今言った、二人の男をご存じですね？」

陳文栄は薄笑いを浮かべたまま言った。

「こうしてご飯を食べにいらしてくださるのはとてもうれしいです。諸橋さんや城島さんとはいい関係を続けて参りたいと思っております。しかし……」

諸橋は聞き返した。

「しかし？」

「いらっしゃるたびに、こたえにくい質問をされますと、こちらも困ってしまいます」

城島が言った。

「俺たちは、陳さんを困らせようと思っているわけじゃないんだよ」

「華人が生きていくというのは、なかなかたいへんでして……」

もう、カクやチョウ・ムーチェンの話はしたくないということだ。それを俺たちに酌んでほしいと言っているのだ。

諸橋は言った。

「お互いに安心して話ができるようになったら、また来る」

「そう遠い先の話じゃないよ。じゃあね」

城島がそう言って立ち上がった。

陳文栄は深々と礼をしていた。

店を出ると、城島が言った。

「早く事件を解決しないと、陳さんの店の料理が食べられないな」

「ああ」

諸橋は言った。「それは大問題だ」

午後一時過ぎに、城島と諸橋は署に戻った。浜崎たち四人はまだ出かけている。

諸橋は係長席に、城島がその近くにあるソファに座った。

すると、携帯電話が振動した。非通知だった。

「はい、諸橋」

「わかったことを報告しろ」

カクの声だ。まるで上司のような口振りだ。

「平賀と関わりが深かった元ヤクザの名前がわかった。蓮田弘明だ。羽田野組の三次団体に所属していた」

「どこにいる?」

「今捜している最中だ」

「わかった。蓮田には接触するな」

「接触せずに検挙することなんてできないんだ」

「今はまだだめだ」

「平賀を殺害したのが蓮田なのかもしれない。だとしたら、殺人を捜査している捜査本部が黙っていない」

「そういう言い方をするということは、まだ捜査本部には蓮田のことを知らせていないということだろう」

「そんなことまで、あんたに報告する義務はない。約束どおり、平賀が追っていたらしいヤクザの名前を教えた。あとは、好きにやらせてもらう」

「まだ、蓮田に手を出すな」

そう繰り返すと、カクは電話を切った。

「カクだな?」

城島が尋ねた。

「ああ、そうだ。蓮田に手を出すなと言っていた」

「今蓮田の身柄を取ったりすれば、チョウは必ず気づく。カクとしては、認めるわけにはいかないだろうな」

「カクが認めようが認めまいが、俺たちは捜査を続けなければならない」

「でも、本部に蓮田のことを教えたくないんだろう?」

「そうだ」

「それって、正しい選択だと思うか?」

「わからない」

諸橋は正直に言った。「だが、今はそうしたほうがいいような気がする」

「理屈(りくつ)じゃないところが気に入った」

「どういうことだ?」

「あれこれ理屈をつけるということは、本人が納得していないということだ。だが、おまえさんは今、そうしたほうがいいような気がすると言った。それは直観だよ。直観はたいてい正しい」

「正しい自信なんてない」

「それでも、係長がそうしたほうがいいと感じているなら、俺はそれに従う」

「捜査本部だってばかじゃない。いずれは蓮田にたどり着くだろうな」

「それまでに、カクがチョウを見つければいいんだ」

諸橋はしばらく考えてから言った。

「何だか、ひどく危ない綱渡(つなわた)りをしているような気分だ」

「警察の仕事はそんなもんさ」

それから約三十分後、今度は捜査一課の北詰(きたづめ)から電話があった。

「羽田野組を訪ねたそうだな？」

諸橋はこたえた。

「暴対係なんだ。マルBに会いにいくのが仕事だ」

「誰に会った？」

「二代目の泉田だ」

「何の話をした？」

「世間話だ」

「ふざけるなよ」

「ふざけているのはどっちだ。いきなり電話をかけてきて一方的に質問だ。俺はあんたの部下でも何でもない」

「その前は、常盤町の神風会を訪ねたそうじゃないか」

「だから、マルBを訪ねるのが仕事だと言ってるだろう。あんたは、俺が真面目に仕事をしているのが気に入らないのか」

諸橋は、こんなつまらないことで言い争いをしたいわけではなかった。蓮田のことを探られたくない。何とか煙に巻こうとしているのだ。

「捜査本部に参加したいと言ったのはあんただ。だから、それなりの仕事はしてもらう」

「だから、仕事はしていると言っただろう」

「平賀の件で、何かわかったことがあるんじゃないのか？」

「それは希望的観測ってやつだよ」

「もう一度訊くぞ。神風会と羽田野組を訪ねた理由は何だ？」

「ルーティンの仕事だと言っただろう」

溜め息を洩らすのが聞こえた。

北詰は苛立っているのかもしれない。

だが、北詰が何を思おうが知ったことではない。

「どうやら、こっちに来てもらったほうがいいようだな」

「こっちって、どこのことだ?」

「捜査本部だ。すぐに、こっちへ来い」

たしかに北詰が言うとおり、捜査本部に加えてくれと言い出したのは諸橋のほうだ。だから、ここでゴネても仕方がない。

「わかった」

電話が切れた。

話の内容を伝えると、城島が言った。

「脅(おど)したい相手を事務所に連れていくマルBと同じだな」

「行かなきゃならないな」

「……で、蓮田のことはやっぱり話さないんだな」

「話すつもりはないが、成り行き次第だ」

「わかった」

平賀殺害の捜査本部は山手署(やまてしょ)にある。諸橋と城島は山手署に向かった。


「何か話す気になったか?」

北詰が諸橋を見るなり言った。

講堂の端で立ち話だ。

北詰の横には岩城(いわき)がいる。

城島が言った。

「まるで、被疑者の取り調べみたいな台詞だな」

「ナンなら、取調室に連れていってもいいいんだぞ」

「あのね」

城島があきれたように言う。「俺たちが取調室でびびると思う?」

北詰は、城島を無視して諸橋に言った。

「協力すると言ったのは嘘だったのか?」

「嘘じゃない。事実、カクのことを伝えただろう」

「平賀が追っていたマルBは見つけたのか?」

「見つけたら知らせる」

「ふん。知らせるつもりなんてないんじゃないのか?」

「なぜそう思うんだ?」

「情報を独り占めして、手柄を立てるつもりだろう」

「手柄だって……」

あまりに意外なことを聞いたので、諸橋は言葉が出なかった。

「そうだよ。あんた、本当なら本部で係長になってるはずだ。なのに、所轄の係長だ。だから、手柄を立てて本部に来たいんだろう」

「そんな気はまったくない」

「口では何とでも言える」

城島が言った。

「言っとくけどね。この人は所轄の係長でもうんざりしているんだ。本部なんてまっぴらごめんだと思ってるんだよ」

「そんなことはどうでもいい」

諸橋は言った。「捜査本部では何かつかんでいないのか？」

「部外者にそんなことを話せるわけがないだろう」

「もう、部外者じゃないはずだ。俺たちのことを、管理官に話してくれたんじゃないのか？」

北詰はその言葉にこたえなかった。

「話していないのか」

その問いにもこたえない。

おそらく、諸橋や城島のことなどどうでもいいと考えているのだろう。

「ならば、これ以上話すことはないな」

諸橋は捜査本部を出ようとした。

そこに近づいてきた男がいる。

北詰と岩城が気をつけをした。

諸橋はその人物の顔を知っていた。捜査一課長の板橋(いたばし)だ。

北詰も強面だが、板橋捜査一課長はさらに迫力があった。

「『ハマの用心棒』だったな」

課長が相手だから、その呼び方が嫌いだとは言えない。

「そう呼ばれることもあります」

「捜査本部に協力したいと言っているらしいな」

北詰はちゃんと上に話していたようだ。

「はい」

板橋課長は、北詰に尋ねた。

「何か情報提供があったのか？」

「いえ、新しい情報はありません」

諸橋に眼を移した板橋課長が言う。

「じゃあ、ここに何しに来たんだ？」

諸橋はこたえた。

「北詰班長に、来いと言われましたので……」

そのとき諸橋は、捜査本部の中にまったくそぐわない人物がいるのに気づいた。

笹本（ささもと）監察官だった。

彼は、諸橋たちのもとに近づいてきた。

板橋課長がそれに気づいて言った。

「『ハマの用心棒』の話は笹本監察官からいろいろうかがっている」

どうせいい話じゃないだろう。

そう思いながら諸橋は黙っていた。

笹本が言った。

「管理官と課長から言われたんだ。あなたたちが捜査本部に加わりたいと言っているようだが、どういう人物なのか教えてほしいと……」

城島が言った。

「それはご面倒をおかけしましたね」

笹本は城島の当てこすりを無視した。

「今回も、独断専行の恐れがあるようですね」

「独断専行だって？　冗談じゃない。俺は上の指示どおりに動いている」

「上というのは誰のことですか？」

「永田捜査二課長だ。詐欺の事案で捜査を命じられた」

板橋課長が言った。

「永田……？　女性キャリアか」

笹本が板橋課長を一瞥してから言った。

「公安の外事二課からも何か聞き出しましたね？」

「ああ。それがどうかしたか？」

「そして、平賀さん殺害についても捜査をしている」

「殺人の捜査をしているわけじゃない。あくまでも、詐欺事件捜査の延長だ」

「つまりあなたは、捜査一課、捜査二課、組対課、公安外事二課……。これだけの部署の担当する事案に関わっているわけです。これは、一所轄の捜査員の権限をはるかに逸脱していると言えるのではないですか？」

「権限がどうのなんて考えたことはない。やれることをやるだけだ」

板橋課長が言った。

「この捜査本部であんたがやれることってのは何だ？」

諸橋はこたえた。

「自分はマル暴ですから、反社の連中についてはいろいろと調べることができます」

板橋課長がうなずいて言った。

「じゃあ、こっちへ来て、詳しく話を聞こう」

彼は諸橋に背中を向けて歩き出した。

そのあとをついていくしかなかった。

城島が諸橋に続いた。

さらに、北詰と岩城、そして、笹本までがついてきた。

20

板橋課長は幹部席に座り、諸橋と城島はその前に立たされた。

北詰と岩城はその脇に立った。

笹本も立ったままだった。彼はキャリアでたしか警視のはずだから、板橋課長と同じ階級だ。だが、幹部席には座らない。

捜査本部というのはそういうものだ。

階級と捜査指揮は別物なのだ。板橋捜査一課長は、そういうことにこだわるようだ。噂によると、キャリア嫌いだというが、本当かどうかは知らない。

「笹本監察官は、あんたらが警察の決め事を無視して、勝手に行動していることを問題視しているようだ。越権行為だとまで言っている。それについてはどう考えているんだ?」

諸橋は、妙に白けた気分になった。

意識がその場に留まっておらず、どこかに離れていくような気がした。そして、自分自身をちょっと離れた場所から眺めているような奇妙な感覚に陥った。

その時諸橋の中にあったのは、「俺はこんなところでいったい何をしているのか」という思いだった。

伊知田を追い、平賀が何をしていたのかを調べ、カクと渡り合い、チョウや蓮田のことを調べ出した。

北詰は手柄がほしかったのだろうと言ったが、そんな気はまったくなかった。ただ、ひたすら事実を知ろうとしたのだ。

捜査本部の連中はそれを気に入らないと言うのだろうか。

もちろん、自分の態度が模範的だとは思わない。捜査本部に協力するにしても、もっといいやり方があったかもしれない。

しかし、少なくとも彼らの邪魔はしていないはずだ。

諸橋はこたえた。

「越権行為だと言われるのなら、これ以上は何もしません」

北詰がふんと鼻で笑った。一瞥すると彼は、勝ち誇ったような顔をしている。こんなやつが幅をきかせている県警本部に、誰が行きたいものか。

板橋課長が鋭(するど)い眼で諸橋を見ていた。

「みなとみらい署に引っ込んで、おとなしくしているということか?」

「そうしろとおっしゃるなら、従います」

板橋課長は何ごとか考えながら、諸橋を無言で見つめていた。やがて、彼は言った。

「捜査本部に協力したいと言った真意が知りたい。聞かせてくれないか」

「平賀を殺害したやつが許せません」

「それは俺たちも同じ思いだ。そして、平賀を殺害した犯人を挙げるのは俺たちの仕事だ」

「もう一つ」

「何だ？」

「平賀が何を調べていたのかを知りたいと思いました。それを片づけてやらないと、平賀が浮かばれないという思いがあります」

「平賀が浮かばれない、か……」

「それが原因で平賀が殺されることになったと、自分は考えています」

「それで、平賀が何を調べていたかはわかったのか？」

「わかりました」

板橋課長の眼差しがさらに鋭くなる。

「しかし……」

諸橋は続けた。「それを調べることが越権行為だということですから、これ以上は何も申しません」

「俺が訊いてもこたえないということか？」

離れたところで見ている自分が言った。

「おまえらには何一つ教える気はないと言ってやれ」

諸橋はこたえた。

「自分はかなり危ない橋を渡っています。うかつにしゃべると、深刻な被害が出る可能性があります。私自身やここにいる城島も含めて……」

「身の危険にさらされているということか？」

「事実、平賀は殺害されています」

「その危ない橋も含めて、すべて話してもらう必要がある」

諸橋はまだ白けた気分のままだった。自暴自棄にもなりつつある。

蓮田の名前を教えたら、捜査本部はきっと彼を見つけ出すだろう。集中的な人海戦術に勝るものはない。

そして、見つけたら必ずその身柄を取ろうとするだろう。

チョウ・ムーチェンはそれに気づき、地下に潜る。用心深くて頭が切れる。そして、金と人脈を持っている彼は、あっという間に警察の手の届かないところに消えてしまう。

それは、カクの追及も及ばないということを意味している。

中国公安部の仕事を邪魔されたカクは黙ってはいないだろう。見せしめに、諸橋や城島を始末するくらいのことはやるかもしれない。

だが、それもどうでもいいような気がしてきた。

捜査本部のヘマで、さらに二人の警察官が殺害される。それだけのことだ。

ただ、カクとの約束を破ることになるのが嫌だった。相手が誰であれ、約束を破ったり裏切ったりはしたくない。

「俺はさ」

板橋課長が言った。「隠し事をされるのが何より嫌いなんだよ」

諸橋は黙っていた。

課長が腹を立てようが、どうでもいい。処分したいならすればいい。謹慎しろと言うのならする。

板橋課長の言葉が続く。

「事情があるなら、そいつを聞こうって言ってるんだ」

その時、北詰が言った。

「おい、課長がこうおっしゃっているんだ。素直にしゃべったらどうだ」

すると、板橋課長が言った。

「俺は、諸橋係長と話をしているんだ。横から口を出すのはやめてくれないか、班長」

「え……？」

北詰は目を丸くした。

板橋課長の言葉が続いた。

「それにな、この『ハマの用心棒』は警部だ。言葉に気をつけろよ」

北詰はその場で気をつけをした。

「は……」

板橋課長が諸橋に眼を戻した。

「なあ、係長。危ない橋を渡っているって言うなら、そいつを危なくないようにしようじゃないか」

風向きが変わってきた。

諸橋はそう感じた。板橋課長が懐柔に出たのだろうか。いや、そうではないと、諸橋は気づいた。

板橋課長の態度は一貫（いっかん）して変わらない。諸橋のかたくなさが、板橋課長の真意を拒んでいたのだ。

白けたり、自暴自棄になっている場合ではないことに、ようやく気づいた。

「事情は込み入っております」

「だから、そいつを一から説明してくれと言ってるんだ」

諸橋は城島を見た。城島が小さく肩をすくめた。しゃべったほうがいいと言っているのだ。

「事の始めは、先ほど申したように、捜査二課主導の詐欺事案でした。伊知田という暴力団員を検挙しましたが、その調べの過程で、平賀の不自然な行動に気づきました」

「伊知田から情報を得ていたと聞いたが」

「表向きはそうですが、どうやら伊知田を利用して、別の事案を調べていたようです」

「別の事案とは何だ？」

諸橋は、平賀が中国人マフィアの犯罪を追っていたらしいと告げた。そして、その中国人マフィアが、日本の暴力団員を利用していたことを告げた。

板橋課長の表情は変わらない。だが、諸橋の話に集中しているのがわかる。

「中国マフィアだって？　どんな犯罪なんだ？」

「コンテナの囲い込みです」

板橋課長が怪訝そうな顔をする。

「コンテナの不足で、世界中の物流が混乱しているという話は知ってるが、別に囲い込みは犯罪じゃない」

諸橋は、コンテナを利用して、薬物などの輸送や人身売買の企みがあることを説明した。

「もともとその中国人マフィアは、薬物の密輸で財を築いて輸送業を始めたやつです」

「平賀がそれを追っていたと……？」

「おそらく、そのマフィアに使われていたマルBを追っていたのだと思います」

「マルBか……」

板橋課長は、表情を変えぬまま言った。「ふ頭に浮かべるってのは、いかにもマルBのやり方だよなあ。平賀を殺ったのは、そいつか？」

「我々はその確認を取っていません」

「わかった。それは俺たちの仕事だ」

「その中国マフィアはなかなかの曲者で、そいつの存在が別の方面に波及していきます」

「別の方面」

「このあたりから、話が微妙になってきます」

「なるほど、外事二課絡みか……」

「はい」

板橋課長は北詰と岩城を見た。

「なあ、班長。おまえさん、諸橋係長といっしょに、危ない橋を渡る覚悟はあるか？」

「は……？」

北詰はすでにすっかり毒気を抜かれていた。

板橋課長に黙っていろと言われたことが心外だったのだろうし、何より諸橋の話が彼の想像力から大きくはみ出していたに違いない。

「だからさ、この先を聞くってことは、今の諸橋係長たちと同じような危険にさらされるってことなんだよ」

諸橋は言った。

「そして、ほんの些細な不注意で、重要な犯罪者を取り逃がすことになるかもしれないのです」

板橋課長が言った。

「それが、公安事案に発展しかねないということだな？」

諸橋はこたえた。

「外事二課はそれを気にしています」

板橋課長が北詰と岩城に視線を戻す。

「そういうことだ。もし、その覚悟がないなら、席を外してくれ」

北詰は再び気をつけをして言った。

「話を聞きます」

板橋課長が念を押すように言う。

「覚悟ってのは、口だけのことじゃないぞ。どうやら諸橋係長たちが相手にしているのは相当にやっかいな相手らしい」

北詰や岩城の顔色が悪くなった。だが、同時に彼らの表情は引き締まっていった。

北詰が言った。

「自分も警察官ですから、おっしゃることがどういうことか理解できているつもりです」

板橋課長はうなずいた。

「ここで聞いた話は、決して口外しないと約束できるか?」

北詰がこたえた。

「はい。秘密は守ります」

板橋課長が岩城に尋ねた。

「君はどうなんだ?」

「はい」

岩城が即座にこたえた。「自分も同じです」

それから、板橋課長は笹本に視線を移した。

「ここからは捜査員だけの話にしたいんだが……」

笹本が言った。

「私も話を聞いておく必要があります」

「なぜだ？」

「諸橋係長の立場を理解したいからです」

「なるほど……」

板橋課長が笑みを洩らした。凄みのある笑顔だ。彼が笑うのを初めて見たと、諸橋は思った。

「諸橋係長を守りたいということだな」

板橋課長の言葉に、諸橋は思わず聞き返していた。

「守りたい……？」

板橋課長が諸橋を見て言った。

「そうだよ。この人は独断専行だの越権行為だのと言ったけど、本気でそう思っているわけじゃないさ。そう言うと、俺が反発するだろうと読んでいたんだ。現場を知らないキャリアが何を言う……。俺がそう思うに違いないと考えて、わざと言ったんだ。俺のキャリア嫌いを利用しようとしたんだな」

笹本が板橋課長に尋ねた。

「キャリアがお嫌いなのですか？」

「嫌いだね。あんたみたいに、素直じゃないキャリアはなおさらだ」

驚いたことに笹本もほほえんでいた。

諸橋はあきれる思いで、二人を眺めていた。

板橋課長が諸橋に言った。

「つまり、この三人はあんたと心中してもいいと言ってるわけだ。彼らにも話を聞いてもらう。いいな?」

「はい」

「外事二課絡みの話を聞かせてもらおう」

諸橋は、中国マフィアを中国公安部の捜査官が追っていると説明した。

板橋課長が眉をひそめた。

「中国公安部だって……。たしかにそいつは面倒だ」

「平賀はその公安部の捜査官と情報交換していたようです」

「中国マフィアとその手先のマルBを挙げるためか?」

そこで城島が言った。

「……というより、マルBを検挙して、中国マフィアの国内での企みを阻止しようとしたんでしょうね」

「麻薬の密輸や人身売買か?」

「やばそうなやつですからね。海外に女を売るために誘拐とか拉致とか平気でやりそうですから」

「ところであんたは、たしか係長補佐の城島だったな?」

「そうです」

「聞くところによると、よくしゃべるそうだが、今日はずいぶんとおとなしかったな」

「うちの係長が、課長に噛みつくんじゃないかと思ったんです。同類だと思われると困るので黙っていました」

「黙っていても、同類だってわかるよ」

城島はまた肩をすくめた。

板橋課長が諸橋に言った。

「その中国公安部のやつとか、中国人マフィアとか、そいつに使われていたマルBとかの名前はわかっているのか?」

「わかっています」

「それを教えてもらわないとな……」

「中国関係については、外事二課にいろいろと考えがあるようです」

「だろうな」

「マルBについては、暴対課が黙っていないでしょう」

「わかってる。何のための捜査本部だと思ってるんだ。外事二課とも暴対課とも俺が話をつける。俺の力が足りなければ、刑事部長の力を借りる。捜査本部長は刑事部長だからな」

「刑事部長……」

「そうだ。会ったことはあるか?」

「いいえ、ありません」

「ちょっと変わってるが、理屈のわかる人だ。頼りになる」

諸橋は頭の中にかかっていた霧のようなものが次第に晴れていくのを感じていた。今まで八方塞がりだと感じていた。だから、カクの言いなりになるしかないと思っていた。だから、捜査本部に対して壁を作っていたのだ。それが間違いだったとわかった。

無力感に苛まれ、自暴自棄になったことが、本当に恥ずかしかった。

「繰り返しますが、中国人マフィアはたいへん危険な人物のようです。金も力もある。そして、賢くて用心深い。警察の手が自分や関係者に及びそうだとわかったら、地下に潜ったきり行方がわからなくなるでしょう。中国公安部の捜査官は、それを恐れています」

板橋課長がうなずいた。

「外事二課や暴対係と話をつけると俺が言ったのは、そういうことを相談するためだ。徹底した隠密行動でやるさ。だから、そいつらの名前を言ってくれ」

諸橋はうなずいた。

「承知しました。申しあげます」

21

諸橋は、カク、チョウ・ムーチェン、蓮田弘明の名前を、板橋課長に告げた。

「カクの本名は、グォ・ユーシュエンです」

岩城がメモを取ろうとした。下っ端の刑事としては当然の気配りだ。

それを見た板橋課長が言った。

「メモは取るな」

岩城が目を丸くして手を止める。

「記録は一切残さない。いいな。それくらいに気を使わなければならない事案だと、諸橋係長は言っているんだ。ここは公安を見習ってすべて暗記してもらう」

岩城がうなずいた。

「了解しました」

板橋課長が諸橋に言った。

「念のために、もう一度三人の名前を言ってくれ」

諸橋は繰り返した。

板橋課長が諸橋に言った。

「俺はこれから外事二課に連絡を取ってカクとチョウの情報をもらう」

笹本が言った。

「何か褒美をやらないと、彼らはしゃべりませんよ」

「捜査のことに口を出さんでくれと言いたいが、あんたの言うとおりだな。諸橋係長、どう思う？」

諸橋はこたえた。

「彼らは、喉から手が出るほどカクの情報が知りたいはずです。今回の捜査で判明したことを教えてやれば充分だと思います」

「カクを売るということか？」

「そもそも中国の捜査官が日本国内で好き勝手に活動していることが問題なんです。それを監視するのが外事二課の仕事でしょう」

「情報をやったあとは外事二課の判断だということだな？」

「我々にはそれ以上の手出しはできないでしょう」

「了解だ。外事二課の担当者は誰だ？」

諸橋は保科と佐野の名前を告げた。板橋課長が警電の受話器を手にした。

捜査本部にやってきた保科と佐野は、猜疑心に満ちた眼差しで、板橋課長の周辺にいる諸橋たちを見回した。

保科が諸橋に言った。

「これはいったい、どういうことだ？」

その質問にこたえたのは、諸橋ではなく板橋課長だった。

「話は聞いた。ここにいる者は、グォ・ユーシュエンやチョウ・ムーチェンの名前を知っている」

保科と佐野は顔を見合わせた。ポーカーフェイスなのでわかりにくいが、二人は戸惑っているらしい。

板橋課長の言葉が続いた。

「こいつらが、平賀殺害に関わっていることは明らかだ。だから、二人の情報がほしい」

保科がこたえた。

「我々が知っていることは、諸橋係長がすべてご存じですよ」

「逮捕状だのガサ状だのを請求するのに、名前の正確な表記とか年齢とかが必要だろう。できれば、職業とか住所もな……」

「職業や住所は無理ですね」

「中国公安部職員とは書けないよな」

「カクについては、不動産業、チョウについては運輸業といったところですかね……」

「名前の漢字表記とかを教えてくれ」

「呼び出しておいて、一方的に質問するのは、どうかと思いますよ」

「何か見返りがほしいということか？」

「ギブアンドテイクですよ」

「カクについて、諸橋係長が知り得たことを詳しく教えると言っている」

「チョウはどうするんです？」

「可能なら身柄を取りたいな」

「もし身柄を押さえたら、我々にも話を聞かせてもらえますか？」

板橋課長は言った。

「そのためにも、できるだけ正確な彼らの情報が必要だ。それと顔写真だ。外事二課なら持ってるんだろう」

公安は行確で写真を撮りまくる。

保科がこたえた。

「わかりました。まずはおっしゃるとおり、名前の漢字表記からお伝えしましょう」

北詰が尋ねた。

「これは記録を取ってよろしいですね？」

板橋課長がこたえる。

「記憶する自信があれば、記録しないでほしいな」

北詰が申し訳なさそうに言った。

「正確さを期したいと思料いたしますので……」

「わかった。記録を許可する」

北詰が保科たちから聴き取りを始めたとき、諸橋の携帯電話が振動した。

浜崎からだった。

「どうした?」

「蓮田の居場所に関する情報を得ました」

「所在の確認は?」

「それはまだです」

「情報の内容は?」

「横浜市内のホテルに滞在しているようです。一流ホテルですよ」

「一流ホテル……?」

「そうです」

浜崎はホテルの名前を言った。たしかに高級なホテルだ。そして、みなとみらい署の目と鼻の先だ。

浜崎の言葉が続いた。

「ダメ元で、市内の主だったホテルに問い合わせたんです。蓮田弘明という客が泊まっていないかって……。そうしたら、ヒットしまして……」

「ホテルの従業員に確認を取ったか?」

「まだ顔写真が手元にないんで、人着の確認は取れていませんが、間違いなく蓮田だと思います」

「そのホテルを張り込んでいろ。ただし、くれぐれも目立たないようにな」

「心得ています。蓮田との接触はなしですね？」

「まだだ。追って連絡する」

「了解」

電話を切ると、城島が尋ねてきた。

「もしかして、浜崎か？」

「当たりだ。蓮田が潜伏（せんぷく）しているらしいホテルを特定した」

諸橋はホテル名を告げた。それを聞いた板橋課長が言った。

「見つけたのか」

諸橋はこたえた。

「目視はしておりません。ホテルの従業員からの情報のようです」

「さて、どうしたもんかな……」

板橋が思案顔になる。

諸橋は言った。

「カクは触るなと言っています」

「わかっている。警察が蓮田に接触したら、それをチョウ・ムーチェンが察知（さっち）して姿をくらますって言うんだろう？」

「はい」

「だがな、蓮田から話を聞かなければ、チョウ・ムーチェンがどこにいるかわからないわけだ」

それはそのとおりだ。

城島が言った。

「それって、ちょっとしたパラドックスですよね」

板橋課長が言った。

「俺はな、迷ったときは正攻法を取ることにしている」

諸橋は聞き返した。

「正攻法ですか……」

「そうだ。蓮田には平賀殺しの容疑がかかっているわけだ。ならば、逮捕状を取って、身柄を拘束するのが正攻法だ」

たしかに板橋課長が言うとおりだ。だが、それだと、カクとの約束を破ることになる。

「蓮田を逮捕したことがわかれば、チョウは誰にも見つからないところに潜ってしまうかもしれません。そうなれば、カクは激怒するでしょう」

「それは、カクの問題でしょう」

そう言ったのは、北詰だった。すでに、保科たちから必要なことは聞き出したのだろう。板橋課長と諸橋の会話を聞いていたのだ。

「カクの問題？」

諸橋がそう言うと、北詰がこたえた。

「俺たち日本の警察の知ったこっちゃない。カクが中国公安部だか何だかで、ヘマをやったと責められるだけのことだろう」

諸橋は言った。

「それでカクが黙っているとは思えない」

「ふん。どうするって言うんだ？」

「ここにいる全員を消すくらいのことはする」

北詰は鼻で笑った。

「やれるならやってみろってんだ」

彼には実感がないのだ。

カクの恐ろしさは、実際に会ってみないとわからない。

諸橋は言った。

「脅しとかはったりじゃないんだ。カクはそれを実行するだろう。だから俺は、彼を怒らせたくない」

北詰と諸橋のやり取りを聞いて、板橋課長が、まだその場に残っていた保科と佐野に尋ねた。

「諸橋係長が言うことを、どう思う？」

保科がこたえた。

「警察官を何人も殺すなんて、絵空事(えそらごと)だと思っているでしょう。でもね、カクならやりかねませんよ。だから、自分としてはこの捜査本部と距離を置きたいですね」

板橋課長が諸橋に尋ねた。

「カクとの連絡はどうしているんだ？」

「こちらからは連絡できません。向こうから電話がかかってくるのを待つしかないんです」

北詰が言う。

「どうして連絡先を聞き出さないんだ」

諸橋はこたえた。

「それができたらやっている」

すると、保科が言った。

「向こうから連絡が来るだけでもたいしたものなんだよ」

「え……」

北詰が驚いたように保科を見た。まさか、彼が諸橋の味方をするとは思っていなかったのだろう。

保科の言葉が続いた。

「我々外事二課ですら、カクと接触できなかった。それを、諸橋係長は話をするどころか、チョウの情報まで引き出したんだ。俺はたまげてるんだ」

北詰は、鼻白(はなじろ)んで押し黙った。

板橋課長がさらに諸橋に質問する。

「カクからはどれくらいの頻度で連絡が来るんだ?」

「決まっていません。向こうの気分次第のような気がしますが……」

城島が言った。

「本牧ふ頭で会って話をしてから、四時間ほど後の午後五時頃に電話が来ました。午後十時にまたふ頭に来いという呼び出しでした。電話の約五時間後にまたふ頭で会ったわけです。カクは、三時間ないし五時間の間を置いて連絡してくる傾向があるようです。次に電話が来るのは、早ければ午後四時頃でしょうかね」

諸橋は驚いた。城島は、カクとの接触の規則性に気づいていた。諸橋は、そんなことをまったく意識していなかった。

「じゃあ……」

板橋課長が言った。「待ってみようじゃないか」

諸橋は尋ねた。

「かかってきたら、何を言えばいいんでしょう」

「おい、俺に訊くなよ。最も事情をよく知っているのは、諸橋係長じゃないか。最良の方法を考えてこたえてくれ」

「困ったときは上司に訊くことにしています」

「俺はあんたの上司じゃねえよ」

笹本がまた発言した。

「こういう込み入った問題の判断を諸橋係長一人に押しつけるのはどうかと思いますね」

板橋課長がむっとした顔で言った。

「別に押しつけているわけじゃない。好きにやってくれと言ってるんだ」

この人は本当にキャリアが嫌いなのかもしれないと、諸橋は思った。

「好きにやっていいというのは本当ですね?」

諸橋が尋ねると、板橋課長は言った。

「ああ。あんたの判断を信じるよ」

「では、部下が蓮田に接触することを許可してください」

「だが、カクは触るなと言っているんだろう?」

「密かに接触させます」

「それでもカクやチョウにばれるかもしれない」

「そのときはそのときです。このままでは埒が明きません。接触して蓮田の感触を探ります」

板橋課長の決断は早かった。

「わかった。やってくれ」

諸橋はすぐに浜崎に電話した。

「蓮田と接触を試みてくれ」

「ホテルの内線で部屋にかけてみます」

「接触することを、なるべく人に知られないようにしてくれ」

「了解です」

電話が切れた。

その五分後、浜崎から折り返し電話があった。

「どうだ？」

「話がしたいと言ってるんですが……」

「どんな様子なんだ？」

「冷静です」

諸橋はそれを板橋課長に伝えた。

板橋課長が言った。

「諸橋係長と城島で行ってくれ」

諸橋はそれを電話の向こうの浜崎に告げて捜査本部を出ようとした。

「捜査車両を使ってくれ」

「いえ、どこでカクやチョウが見ているかわかりません。タクシーで向かいます」

諸橋と城島はみなとみらいに向かった。


ロビーで浜崎と合流した。四人の部下は目立たないようにばらばらの位置で張り込んでいる。

浜崎が部屋番号を諸橋に告げ、言った。

「自分も行きましょうか？」

「いや。俺と城島で行く」

「わかりました。自分らは待機しています」

部屋をノックするとドアの向こうから声がした。

「誰だ？」

「みなとみらい署の諸橋と城島だ。蓮田弘明だな」

すぐにドアが開いた。

「『ハマの用心棒』か……」

「話があるそうだな」

「入ってくれ」

部屋に入ると、蓮田は立ったまま言った。

「俺が平賀さんを殺したことになっているんだな？」

諸橋は聞き返した。

「そうじゃないのか？」

「俺はやってない。俺が平賀さんを殺すわけがない」

「娘の死に目に会えなかった件で、平賀を怨んでいるという話を聞いた」

「怨み言を言ったことはある。だが、心底怨んでいたわけじゃない。もともとムショに入れられるようなことをしたのが悪いんだし、平賀さんがなんとか娘に会えるように骨を折ってくれたのも知っている」

「平賀が……？」

「ああ。直接は会えなかったが、携帯のビデオ通話で話ができた。娘のことで平賀さんはずいぶん気に病んでいたようだ」

「おまえじゃなくて、むしろ平賀さんが気にしていたということか」

「それが噂（うわさ）になり、尾ひれがついて、俺が平賀さんを怨んでいるって話になったんだな……。そして、チョウのやつはそれを利用しやがったんだ」

「チョウが罪をおまえになすりつけたということか？」

「俺とチョウはビジネス上の関係だった。そのうちに、平賀さんが俺とチョウのことを調べ回っていることがわかった。俺と平賀さんの噂を聞きつけたチョウは、俺が平賀さんを殺害するという絵を描いたわけだ」

「平賀を殺したのは誰だ？」

「チョウだよ。金持ちは自分では手を汚さないもんだが、あいつは違う。平気で人を殺す。……というより、殺すことを楽しんでやがるんだ」

城島が言った。

「ヤクザの手口に見せかけて、ふ頭に浮かべたってわけか」

「チョウはそのうち、俺も消そうとするだろう。俺はいろいろと知っちまったからな」

諸橋は言った。

「チョウの居場所が知りたい。日本にいるのか？」

蓮田が言った。

「ああ。羽田空港の中のホテルにいるよ。何かあったらすぐに空港から飛び立つつもりだ」

諸橋は、蓮田からホテル名を聞き出し、すぐに板橋課長に電話をした。

ホテル名を告げると、板橋課長は言った。

「わかった。対策を練ろう。戻ってくれ」

電話を切ると、諸橋は蓮田に言った。

「身柄を確保しなけりゃならない」

「わかってるよ」

「今の話、もう一度捜査本部で聞かせてくれるな」

「何度でも話すさ。チョウのやつを捕まえてくれるならな」

城島が言った。

「目立つといけないので、手錠はしないよ」

蓮田が言った。

「心配いらない。抵抗はしない」

三人は部屋を出た。

蓮田の身柄を山手署に運び、捜査本部に戻ると地味な歓声が上がった。平賀殺害の被疑者の一人を確保したからだ。

「蓮田は平賀を殺した犯人ではないようです」

諸橋は、板橋課長に事情を説明した。板橋が言った。

「その証言を書類にして、チョウの逮捕状を取る。羽田空港のホテルに捜査員を配置する。特殊犯中隊も呼ぼう」

特殊犯中隊、通称ＳＩＳは、警視庁のＳＩＴに相当する。

そのとき、諸橋の携帯が振動した。カクからだった。前の電話から三時間後だ。城島が分析したとおりだった。

22

「蓮田は見つかったか?」

相変わらず、単刀直入だ。愛想も何もない。

嘘をついて時間を稼ぐこともできた。だが、それはあまり意味がないと、諸橋は思った。

「見つけた」

「接触はしていないだろうな」

「チョウ・ムーチェンに気づかれるようなことはしていない」

「俺は触るなと言った」

「それでは捜査にならない。俺たち日本の警察はやるべきことをやっただけだ」

「おまえは約束を守らなかったので、この先は連絡を取ることはないだろう」

諸橋は腹が立った。たしかに、約束を守らなかったという負い目はあるが、カクがいつまでも上から目線なのが我慢ならなかった。

「好きにすればいい」

諸橋は言った。「こっちも好きにやらせてもらう。俺たちは痛くも痒くもない。むしろ、俺たちと連絡を取らないで困るのはそっちじゃないのか」

「我々が困るはずはない」

「では、これで縁が切れるということだ。蓮田はチョウ・ムーチェンの潜伏先を教えてくれたが、それももう知りたくはないということだな」

カクが沈黙した。

「チョウ・ムーチェンは我々のターゲットだ」

「知ったことか。……とまあ、そう言いたいところだが、居場所を教えてやってもいい。そんな義理はないのだが、日本人は最後まで誠意(せいい)を尽くすのだということを覚えておけ」

諸橋は、チョウ・ムーチェンが滞在しているという羽田空港内のホテルの名を告げた。

そして、カクが何か言う前に電話を切った。

板橋課長が諸橋に言った。

「これで縁が切れるだって？」

「もうカクに用はありません」

保科がしかめ面で言った。

「それは金脈を手放したってことだぞ……」

諸橋が保科に言った。

「俺が担当しているのはマルBであって、中国のスパイじゃないんだ」

「カクについてわかっていることを洗いざらい教えてくれるんだったな」

「教える」

「じゃあ、それでよしとするか……」

板橋課長が言った。

「言いたいことを言ってやったんだな」

「はい」

「じゃあ、俺たちは粛々と殺人犯を捕まえるだけだ」

カクとチョウ・ムーチェンの顔写真が各捜査員の携帯電話に送られた。諸橋はそれを確認した。カクの顔は見慣れているが、チョウ・ムーチェンの顔を見るのは初めてだった。なんだか、いいとこの坊っちゃんという印象の写真だ。とても、カクや蓮田が言うような悪党には見えない。

だが、実は本当の悪党はそうは見えないものだ。

諸橋は尋ねた。

「特殊犯中隊は来るんですか?」

「すでに、ホテルに向かっている」

城島が言った。

「チョウがどんな態勢でいるかわからないんです。もしかしたら、おっかない軍団がガードしているかもしれません」

「何がいようが、とっ捕まえるしかないんだ。いいか? オバケを作っちゃいけない」

城島が聞き返した。

「オバケを作る……?」

「敵を恐れるあまりに、怪物のような幻想を作り上げてしまうんだ」

諸橋は言った。

「チョウは本当に怪物かもしれません」

「それでも俺たちはそいつを検挙しなけりゃならない。どんな犠牲が出ようと戦って、身柄を取るんだ。それが警察ってもんだ」

諸橋はうなずいた。

「了解しました」

「諸橋係長も部下を連れて、ホテルに向かってくれ。現場の指揮は俺が執る」

指揮官が板橋課長なら頼りになると、諸橋は思った。

城島が言った。

「じゃあ、出かけるか」

板橋課長が言った。

「今度は捜査車両に乗れよ。みんなで分乗していく」

諸橋は「了解しました」とこたえた。


チョウ・ムーチェンが滞在しているのは、羽田空港の第三ターミナル直結のホテルだった。なるほど、これなら何かあればすぐに国外に逃げられる。

ホテルの外にマイクロバスがあり、それが前線本部だった。無線やパソコンが装備されていて、指揮官である板橋課長が乗っている。

捜査員全員にハンディーの無線が配られ、板橋課長からの指示が直接伝えられる。

班ごとに無線のチェックが行われた。諸橋といっしょにいるのは城島をはじめとする係の部下たちだ。

彼らがいてくれると心強いと、諸橋は思った。

城島が言った。

「ホテルの中にいる班からの情報だと、チョウはワンフロアを借り切っているらしいな」

諸橋はこたえた。

「マフィアの大物のやりそうなことだ」

「映画やドラマでは見たことがあるが、本当にやるやつがいるんだなあ……」

「うらやましそうだな」

「一度やってみたいもんだ」

ホテル内には、特殊犯中隊と強行犯中隊を中心とした捜査員が多数配置された。警視庁第二方面本部の協力を得て、機動隊も出動していた。防護装備を着けた機動隊は、ホテルの外で待機している。

その他、空港署の地域課も動員されている。

諸橋たちは、特殊犯中隊や強行犯中隊と前線本部との無線連絡をイヤホンで聴いていた。

城島が言った。

「どうやら、フロアに軍隊なんかはいなさそうだな」

諸橋はこたえた。

「チョウは逃げる自信があるんだろう」

「部屋にいるのかな？」

「さあな。もしかしたら、どこか離れた場所にいて、警察の様子を面白がって眺めているかもしれないな」

「部屋にいたとしても、もう警察に囲まれていることはわかっているよね」

「そうだろうな。おそらく手下を見張りにつけているだろうから、そいつらから連絡が入っているはずだ」

「羽田空港の国際線出発ロビーは固めている。そこに現れたらすぐに確保できる」

イヤホンを左手で押さえ、浜崎が言った。

「特殊犯中隊が、部屋に電話をかけているようですね」

城島がこたえる。

「彼らは交渉が第一だからな」

諸橋も無線を聞いているので、特殊犯中隊と板橋課長のやり取りは把握していた。電話には誰も出ないようだ。

板橋課長は、特殊犯中隊と強行犯中隊をチョウが滞在していると見られているフロアまで進めた。そこにも、ボディガードらの姿はない。

「隔靴掻痒って気分だな」

城島が言う。諸橋はうなずいた。無線でしか状況がわからないので、待機している諸橋は苛立ちがつのる。

時刻は午後五時半で、すでに日が暮れている。ホテルを含むターミナルビルの明かりが夕暮れの中に浮かび上がっている。

その前に濃紺の服に黒い防護装備を着けた機動隊の群れ。さらに、制服を着た地域課の警察官たちの姿が見える。

部屋との連絡は取れない。

撃ち合いなども始まった様子はない。

ただ、時間だけが過ぎていく。

することがないときには、いろいろなことを考えてしまう。

カクは今、何をしているのだろう。

チョウ・ムーチェンの居場所を知って、彼がじっとしているわけはない。何かやるはずだが、どう動くのかはまったく見当がつかない。

カクの態度は我慢ならないし、中国公安部と聞くだけで、生理的な嫌悪感がある。いや、嫌悪感というより恐怖感かもしくは怒りだろうか。

陳文栄が「華人が生きていくのはたいへんだ」というようなことを言っていたが、彼らはたしかに日本人には想像もできない世界で生きているのだろう。

その厳しい状況の原因の一つが中国公安部であることは間違いない。

だからといって、カクが嫌いかと問われると、不思議なことにそうでもないような気がする。

彼は与えられた仕事を着実にこなしているのだ。もし、カクが神奈川県警の警察官だったら、頼りになる同僚だろうなと、諸橋は思った。

午後五時四十分、ついに板橋課長が動いた。機動隊をチョウが滞在していると見られるフロアまで進めるように指示した。

隊列を組んだ機動隊員たちが移動していく。その姿は必要以上にものものしく感じられる。彼らの行動は素速い。あっという間にその姿がホテル内に消えていった。

その後には、空港署地域課の係員たちが残されたが、彼らはずいぶんと頼りなげに見えた。

機動隊の配備が完了したという無線が流れてきたのが、午後五時四十五分。五分で当該フロアに移動し、配置に着いたということだ。さすがは機動隊だ。

それから五分後の午後五時五十分、板橋課長が突入を命じた。

先陣を切るのは特殊犯中隊だ。それに強行犯中隊が続き、機動隊がバックアップにつく。

諸橋はイヤホンを指で押さえ、無線に聴き入った。特殊犯中隊からも強行犯中隊からも連絡がない。

空電のノイズが流れてくるだけだ。

待つ時間は長い。

ようやく声が流れてきた。特殊犯中隊からだ。

「被疑者は部屋におりません。繰り返します。被疑者は部屋におりません。部屋は空です」

板橋課長が指示する。

「そのフロア全部の部屋を当たれ」

合い鍵はすでに入手してある。指示を受けて、特殊犯中隊と強行犯中隊が手分けをして部屋をあらためているのだろう。

別の部屋にチョウやチョウの手下が潜んでいて、攻撃してくる恐れがある。捜査は慎重に進められているのだろう。今度はずいぶんと時間がかかった。

じっと無線を聞いていた城島が言った。

「こりゃ、もぬけの殻だな……」

諸橋は言った。

「すでにホテルから退散したということか」

「カクが用心するはずだ。行動が素速い」

諸橋は考えた。

「警察の動きも速かった」

「もし、ボディガードを大勢配置していたら、逃走に手間取ったかもしれない。守りを固めるよりも、すぐに逃げ出せる身軽さを優先していたんだ」

「いや……」

諸橋は言った。「俺たちが後手に回ったとは思えない」

そのとき、地域課の若い警察官が駆け寄ってきた。

「諸橋係長はおられますか?」

「俺だ」

「署から緊配の指示がありまして……。不審人物を確保しましたが、その人物が諸橋係長を呼べと言っているのです」

板橋課長が、空港署か第二方面本部に緊急配備を要請したのだろう。

「俺を……? どこにいる」

「こちらです」

諸橋は、若い警察官に案内させた。

「俺も行くよ」

城島がついてきた。

複数の警察官に取り囲まれているのはカクだった。

諸橋は言った。

「ここでいったい何をしているんだ?」

「何もしていない。だから、身柄を拘束されるいわれはない」

城島が言った。

「今、緊配の最中なんだ。こんなところにいたら、そりゃ拘束されるよ」

諸橋は尋ねた。

「あんた、まさかチョウに俺たちが居場所を知ったことを伝えたんじゃないだろうな」

「そんなことをする理由はない」

「日本の警察にチョウの身柄を取られたくなかったんじゃないのか?」

「なぜそんなことを、俺に訊くんだ?」

「チョウが消えたからだ」

「取り逃がしたのか?」

城島がこたえる。

「……というか、俺たちが到着したときにはすでに姿がなかったようだ」

カクが怪訝そうな顔になった。彼が表情を変えるのは珍しい。

「到着したときには姿はなかった……。警察がここに来たのは、俺よりずっと早かった。チョウが逃げられるタイミングではないと思う」

諸橋は言った。

「俺もそう思うんだが……」

「だとしたら……」

カクが言った。「まだホテル内に潜んでいるとしか考えられない」

諸橋は無線のトークボタンを押した。

「前線本部。こちらみなとみらい署強行犯係・諸橋」

すぐに返答がある。

「板橋だ。どうした、係長」

「被疑者はまだホテル内に潜伏している可能性があります。ホテルの完全封鎖のために人員の再配置の必要があります」

「了解した」

その通信を終えると板橋課長はすぐに機動隊にフロアから移動して、ホテルの出入り口をすべて固めるように指示した。

さらに、フロアに残った特殊犯中隊と強行犯中隊に言った。

「何か異変がないか、徹底的に調べてくれ。ホテルの警備部門にも問い合わせろ」

カクはその無線を聞いてない。だが、状況はわかっている様子だ。出入り口のあたりに機動隊員たちが現れたからだ。

諸橋はカクに言った。

「チョウは手下を連れていないようだ」

「やつはたいてい単独行動だ」

「危険じゃないのか？　薬物密売人の世界は常に殺し合いだろう」

「チョウは誰も信用しない。部下であってもだ。だから、彼は自分の身は自分で守る。……というか、決して危険には近づかない」

城島が言った。

「司法当局としては、やっかいなやつだな。単独行動だと足跡(あしあと)が残りにくい」

カクが言った。

「そして、いつでもすぐに行動を起こせる」

諸橋は、周囲にいる空港署の地域課係員たちに言った。

「ここはいい。ホテルの封鎖のほうに回ってくれ」

警察官たちはその指示に従って、ホテルのほうに向かった。

「ところで……」

城島がカクに尋ねた。「あんたも一人か?」

「そうだ」

「一人でチョウを確保できる自信があったわけ?」

「確保は日本の警察に任せる」

「チョウの身柄はいらないってこと?」

「必要ならそういう手続きを取る」

「つまり、上層部同士の政治的な交渉とかでチョウの身柄を持っていくってことかな」

「必要なら、と言っている」

「じゃあ、あんたはここで何してるんだ?」

カクは城島から諸橋に眼を移した。

「あんたに会う必要があると思った」

「俺に……?」

諸橋がそう聞き返したとき、無線に入感した。

「前線本部。こちら、強行犯中隊・北詰。制服を強奪されたというホテル従業員がおります。繰り返します。制服を強奪されたというホテル従業員が……」

諸橋と城島が顔を見合わせた。

カクが尋ねた。

「何があった？」

諸橋が無線の内容を伝えると、カクが言った。

「それだな……」

無線による板橋課長の指示が聞こえてきた。

「従業員を全員集めろ。誰もホテルの外に出すな。被疑者は従業員になりすましている可能性がある」

城島が諸橋に言った。

「俺たちもホテルのほうに行こう」

二人が駆け出すと、カクがあとについてきた。

23

ホテルの出入り口はすべて機動隊や制服を着た地域課の警察官が固めている。その様子を見て、城島が言った。

「蟻の這い出る隙もないというのは、このことだな」

それを聞いたカクが言う。

「蟻は出られなくても、チョウは出られる」

城島があきれたように言う。

「どんだけすごいやつなんだよ」

「事実だ」

諸橋は言った。

「今頃ホテル内では、従業員も含めて、徹底的に調べているはずだ。誰も逃げられない」

カクが「そうかな」と言った。

彼は安心していない。この状況でもチョウが逃走する恐れがあると考えているのだ。それだけチョウは油断ならないやつだということなのだろうが、過大評価なのではないかと、諸橋は思っていた。

そのとき、城島が言った。

「ん……？　何の音だ？」

諸橋は耳をすました。

「火災報知器だろう。ホテル内で鳴っているんだ」

無線のやり取りが聞こえてきた。

ホテル内にいる強行犯係の捜査員が、板橋課長に対して言っている。

「宿泊客らを避難させなければならないと、ホテルの従業員が言っています」

板橋課長がこたえる。

「被疑者はその混乱に乗じて逃走するつもりだ。誰もホテルから出すなと言え」

「しかし、本当の火事だったら……」

「被疑者が警報を鳴らしたんだ。うろたえるなと、ホテルの従業員に伝えろ」

「火災報知器が鳴ったら、客を避難させる義務があると言っています」

しばらくの無言の間。

やがて、板橋課長の声が聞こえてきた。

「被疑者の人着はみんなに行き渡っているな？」

「はい」

「仕方がない。客を外に出してもいいと伝えろ。絶対に被疑者を逃がすな」

「はい」

「被疑者は、ホテル従業員の制服を着ている可能性が高い。それを忘れるな」

「了解」

諸橋はカクに言った。

「客を避難させるようだ」

「それを許すべきではない。火災でないのは明らかだ」

「警報が鳴ったらホテルとしては他に選択肢はないさ」

「愚かな……」

城島が言った。

「おい、出てきたぞ」

正面玄関の前に、機動隊が隊列を組んでいる。その間を、宿泊客らしい人々が歩いているのが見える。

慌てた様子の人はいない。客たちも本当の火災だとは思っていないようで、中には明らかに面倒臭そうにしている者もいる。

消防自動車のサイレンが聞こえてきた。

機動隊と地域課の係員たちは、消防自動車が駐車できるスペースを確保するために、避難してきた人々を誘導している。

やがて、大型の消防自動車や指令車、救急車などが到着した。

消防士たちが出て来て、機動隊員の指揮者と話を始めた。

前線本部のマイクロバスから板橋課長が降りてきたのが見えた。

ホテル前のスペースは、避難してきた人々、機動隊員、消防士たちで混み合ってきた。

「混雑してきたな」

城島が言った。「こいつは、チョウの思う壺だな……」

そのとき、カクが言った。

「チョウだ」

諸橋は彼が指さす方向を見た。

そこに、ホテルのボーイの制服を着た若い男がいた。客たちを誘導し、整理しているように見える。

諸橋はカクに尋ねた。

「間違いないか？」

「早く手を打て」

諸橋は無線に向かって言った。

「被疑者を発見。ホテル正面玄関前。ホテル従業員の制服を着ている。繰り返す、被疑者を発見。ホテル従業員の服装だ」

板橋課長がハンディー無線機を口元に持っていくのが見えた。その声が聞こえてくる。

「被疑者を発見。各班、ホテル正面玄関前に急行」

強行犯中隊と特殊犯中隊から「了解」の返事があった。

すでに城島はそちらへ向かっている。

諸橋とカクもそれに続く。

カクが言った。

「うかつに近づくと危険だ」

諸橋はこたえた。

「近づかないと確保できない」

地域課の係員がチョウらしいホテルの制服姿の男に近づいた。男は、緊迫した様子で警察官と話を始める。客の避難状況について話をしているのだろうと、諸橋は思った。

地域課係員は、その男を被疑者だと認識しているだろうか。無線を聞いてその男に近づいたのだろうから、当然認識しているはずだ。

諸橋がそう思ったとき、ホテルの制服姿の男は、地域課の警察官を突き飛ばして駆け出した。

誰もが虚を衝かれた。機動隊員も消防士も、何が起きたかわからない様子で、一瞬立ち尽くしていた。

機動隊員全員が無線を聞いているわけではない。小隊長は無線を使っているかもしれないが、おそらく諸橋たちが使っている周波数ではない。

そして、消防士が警察の無線を聞いているはずがない。

結局、ホテルの制服姿の男がチョウだということを知っている者は、その場には多くはなかった。

諸橋は浜崎に電話をした。

「ホテルの正面玄関の前にホテルの制服を着た男がいる。そいつがチョウ・ムーチェンだ」

「了解。倉持たちに知らせます」

電話をしながら、諸橋は駆けだしていた。

城島とカクも駆けていた。

他にも走ってチョウを追っている者たちがいる。北詰たち強行犯中隊の連中だった。

さらに、その後方を機動隊員たちが駆けてくるのが見えていた。

チョウは驚くほど足が速かった。そして、落ち着いて見えた。追われている被疑者には見えない。

制服を着た警察官二人が、チョウの前に立ち塞がろうとした。

しかし、その二人はチョウの足を止めることはできなかった。一人は体当たりを食らって後方に吹っ飛び、もう一人もそれに巻き込まれるように地面に転がった。

「くそ……」

諸橋は言った。「何て逃げ足だ」

城島は息が上がっている。

まさか、これだけの警察官がいるのに逃げられてしまうのか……。

諸橋がそう思ったとき再び、ふらりとチョウの行く手に人影が現れた。

倉持だった。

諸橋は叫んでいた。

「倉持、確保しろ」

駆けながらカクが言う。

「ばかな。また体当たりを食らうだけだ」

チョウのスピードは落ちない。倉持に向かって突進していく。倉持はひっそりと立っているだけだ。

ぶつかる。

そう思ったとき、倉持の体がゆらりと動いた。次の瞬間、ホテルの制服が宙を舞っていた。空中に弧(こ)を描いて、アスファルトの地面に叩(たた)きつけられる。

倉持の超絶的な投げ技が決まったのだ。

さらに倉持は、起き上がろうとするチョウの肩関節を決めて、地面に押さえつけた。

諸橋は駆け寄って倉持を助けようとした。しかし、それよりも北詰たち強行犯中隊や機動隊の連中のほうが早かった。

チョウは抵抗する間もなく大勢の警察官に制圧され、手錠をかけられた。

すっかり息が上がっていた諸橋と城島は、その場にへたりこんだ。カクがその様子を無言で眺めている。

そこに倉持がやってきた。

「係長。だいじょうぶですか?」

「だいじょうぶだ。ちょっと鍛え直す必要があるだけだ」

諸橋が立ち上がると、カクが言った。

「いったい、彼は何をしたのだ?」

倉持の投げ技のことを言ってるのだ。

諸橋はこたえた。

「こいつは合気柔術の達人なんだ」

「達人……」

尻餅(しりもち)をついたままの城島が言った。

「人は見かけによらないんだよ」

諸橋は城島に手を差し出し、立ち上がるのを助けた。

「さて……」

諸橋は言った。「チョウの身柄(みがら)は、山手(やまて)署の捜査本部に運ぶことになるだろう。俺たちもそちらに向かう」

カクが言った。

「私の車で行こう」

例の黒いワンボックスカーだろう。

諸橋はうなずいた。

「俺と城島が乗る」

倉持が言った。

「じゃあ、自分はみなとみらい署に戻ります」

倉持と別れて、諸橋と城島はカクの後についていった。


運転席には若い男がいた。見たことがあるが、もちろん名前も素性も知らない。

カクのことを反社だと思っていた頃は、その運転席の男も危険な人物に見えていた。今見ると軍人のような雰囲気だと、諸橋は思った。

たぶん、カクの部下なのだろう。

カクは助手席にいる。山手署に着くまで、誰も口をきかなかった。城島が何もしゃべらなかったのはたいへん珍しいことだ。

諸橋は、気が抜けたような状態だった。長い激しい緊張から解き放たれて、抜け殻になったような気分だ。

そして、同時にしみじみとした感慨にふけっていたのだ。達成感と言ってもいい。

事案が片づいたときはいつもそうだ。

だから、何かをしゃべるどころではなかった。おそらく城島も同じなのだ。

車が停まると、カクが言った。

「降りてくれ」

諸橋は尋ねた。

「あんたはどうするんだ？」

「今までと同じだ。消える」

「チョウはいいのか？」

「あいつの身柄が必要なら、いくらでも上層部に交渉できると言ったはずだ」

「こちらから連絡を取る必要があると思う」

カクはしばらく考えてから言った。

「ここに車を停めておく。車の中にこの男がいるから、用があるなら、こいつに言ってくれ」

それで納得するしかなかった。諸橋と城島は車を降りた。


「完黙（かんもく）です」

チョウの取り調べを担当していた北詰たちが板橋課長にそう報告するのを、諸橋は聞いていた。

隣にいる城島が小声で言った。

「まあ、予想どおりだね……」

北詰の報告がさらに続く。

「何を聞いても、一言もしゃべりません」

板橋課長が言った。

「やつが平賀を殺したという物的証拠はないんだな？」

「今のところは、蓮田の証言だけですね」

滞在していたホテルの部屋は、当然捜索した。だが、チョウが部屋に凶器を残しているはずもない。

「鑑識(かんしき)が何か見つけてくれるといいんだが……」

「何としても自供を取りたいですね」

腕組みして考え込んでいた板橋課長が、捜査員席のほうに視線を移した。そして、諸橋を見ると言った。

「おい、係長。何とかならんか」

それほど期待している様子ではなかった。

諸橋はこたえた。

「実は、考えがあるのですが……」

「本当か？」

「ただし、課長がお好きな正攻法ではありません」

「この際、何だっていいさ」

「危険な人物を、山手署内に招き入れることになりますが……」

板橋課長は、眉をひそめた。諸橋の「考え」がどんなものか悟った様子だ。

彼は、肩をすくめた。

「それで解決するなら、しょうがないな」

諸橋はうなずいた。

「では、しばらく時間をください」

諸橋は捜査本部を出た。城島がついてきた。彼は無言だった。

諸橋は言った。

「おい、何か言ったらどうだ。不安になるじゃないか」

「俺も不安なんでね……」

「殺された平賀のためにも、何としてでもチョウを起訴しなければならない」

「わかってる。俺に言い訳しなくてもいい」

二人は山手署の玄関を出た。右手に進むと目の前の車道に黒いワンボックスカーが路上駐車しているのが見えた。

城島が言った。

「交通課が駐禁の切符を切るぞ」

「カクが罰金を払うと思うか？」

運転席にいる男は、諸橋と城島の姿を見て、すぐに事情を察したようだ。彼は車を発進させた。

城島が言った。

「行っちまうぞ。戻ってこなかったらどうする？」

諸橋はこたえる。

「待つしかないな」

二人は玄関前の駐車場に立って待っていた。何を待てばいいのか、わかっているわけではない。

電話が来るのか、カクが現れるのか、このまま何も起きないのか……。

十分ほど待っただろうか。再び、黒いワンボックスカーが姿を見せた。去っていったのと反対方向からやってきたと思うと、そのまま左折して警察署の敷地内に進入してきた。

駐車スペースに停まると、後部座席のドアが開いた。

そこからカクが降りてきた。その姿を見て、ほっとしたものの、諸橋はすぐに安堵(あんど)している場合ではないと思った。

「何だ？」

カクが言った。相変わらずまったくの無表情だが、威圧感はなかった。

「チョウが完全黙秘(もくひ)している」

「そうだろうな」

「なんとか起訴に持ち込みたいので、あんたの力を借りたい」

「日本の警察が、中国公安部に泣きつくのか？」

「そうじゃない。俺があんたに泣きつくんだ」

カクは何事か考えてから言った。

「それで、俺に何をしてほしいんだ？」

「これから俺といっしょに、取調室に行ってほしい」

「それで……？」

「誰が何を言っても、あんたは何も言わないでほしい」

「何も言わない……？」

「そうだ」

カクは小さく肩をすくめた。それは了解したということなのだろう。諸橋はそう解釈することにした。

「では行こうか」

諸橋が言うと、カクが言った。

「中に入ると、日本の公安が待ち構えている、なんてことはないだろうな。そんなことになれば、死傷者が出るかもしれないぞ」

諸橋はきっぱりとかぶりを振った。

「そんなことはない」

諸橋と城島が署の玄関に向かって歩きだすと、カクは黙ってついてきた。

24

諸橋は、捜査本部には寄らずに、まっすぐチョウがいる取調室に向かった。できるだけ、カクを人に見られたくなかった。同時に、カクに日本の警察官の顔を見せたくなかった。

北詰と岩城が引き続きチョウの取り調べをやっていた。

ノックすると、岩城がドアを開けて言った。

「何ですか?」

諸橋は尋ねた。

「何かしゃべったか?」

「いいえ。相変わらずです」

「チョウに会わせたい人を連れてきた」

「誰です?」

「カクだ」

岩城は目を丸くして、何か言おうとした。しかし、言うべきことが思いつかないらしく、「お待ちください」と言って、いったんドアを閉めた。

次にドアが開くと、そこには北詰がいた。

彼は嚙みつきそうな顔で言った。

「カクを連れてきたって……。どういうことだ？」

「完黙なんだろう？　もしかしたら、日本語が通じていないのかと思って、中国人を連れてきたわけだ」

北詰は廊下に立っているカクのほうを一瞥してから、諸橋に視線を戻した。

すっかり落ち着きをなくしている。チョウはあくまで日本の警察の被疑者だ。中国公安の捜査官を取調室に入れていいものかどうか判断がつかないのだ。

迷っている相手には、強気の説得が一番効果的だ。

「埒が明かないのなら、何か手を考えるべきだろう」

「課長は知ってるのか？」

「知らない」

「中国の公安部に取り調べをさせるわけにはいかない」

「ただ会わせるだけだ」

北詰は、まだ迷っている。

カクが言った。

「何だ？　用がないのなら、俺は帰る」

諸橋は北詰に言った。

「今彼を帰したら、もう俺たちに手はない」

「わかった」

ついに北詰は言った。「入ってくれ」

スチールデスクの向こうにチョウ・ムーチェンがいる。まだホテルの制服を着ていた。育ちのいい青年のようなたたずまいだが、その眼を見て、諸橋はぞっとした。

これまで何人もの悪党を見てきたから、チョウ・ムーチェンの恐ろしさがよくわかった。悪いやつの眼は、冷ややかに見える。だが、もっと悪いやつの眼は、逆に穏やかになり、何かを面白がっているような無邪気ささえ感じさせる。

チョウの眼がそうだった。

諸橋が取調室に入っていっても、その表情に変化はなかった。誰が来ても俺は何もしゃべらない。そう決めているのだ。

北詰と岩城は記録席のあたりで立っていた。

諸橋はチョウに言った。

「平賀を殺したのはおまえだな?」

チョウは平然と諸橋を見返してくる。何やら楽しそうな目つきだ。やはり口を開かない。

諸橋はさらに言った。

「自白がないと、俺たちはおまえを起訴できない」

北詰と岩城が息を呑むのがわかった。彼らは諸橋の発言に対して抗議したいのだ。

諸橋は言葉を続けた。

「だから俺たちは、おまえを別のやつらに預けることにした」

そして、諸橋は戸口のほうに向かって「おい」と言った。

ドアが開き、城島が入ってくる。

チョウは面白そうに城島を眺めている。取調官が何人増えようが、結果は同じだと言いたいのだ。

その表情がにわかに変化した。

何かを面白がっているような様子はたちまち消え失せた。

城島に続いてカクが部屋に入ってきた。チョウはそれを見たのだ。

顔色が失せていった。そして、額に汗が滲みはじめる。その急激な変化は見ていて驚くほどだった。

それでもチョウは何も言おうとしない。

諸橋は言った。

「では、おまえの身柄を彼に引き渡すことにする」

カクが中国語で何か言った。

チョウの汗がひどくなった。顔色はますます悪くなる。

「さあ、立て。彼といっしょに行くんだ」

「待ってくれ」

チョウが大声で言った。日本語だった。彼は日本語を話せるのだ。

諸橋は尋ねた。

「何を待つんだ？」

チョウは必死の形相で訴えるように言った。

「待て。自白する。私が平賀という刑事を殺した。間違いない」

「どうやって殺したんだ？」

「ワイヤーで首を絞めた」

「遺体はどうした？」

「本牧ふ頭に捨てた。俺がやったんだ。これで起訴できるな？」

諸橋は北詰の顔を見た。

北詰は力強くうなずいた。

「出よう」

カクに言うと、諸橋は出入り口に向かった。


廊下(ろうか)に出た諸橋はカクに言った。

「何も言うなと言ったはずだ」

カクがこたえた。

「手助けをしてやった」

「チョウに何を言ったんだ？」

「絶対に自白するなと言った。でないと、本国に連れて行けないと……」

城島が言う。

「あいつ、あんたの顔を見て、文字どおり顔色を変えたな。よほど恐ろしいらしい」

カクは、それにはコメントしなかった。

「用が済んだら、俺は行く」

「ああ」

諸橋は言った。「用は済んだ」

カクは歩き出してからふと歩を止め、振り返った。

「また会うこともあると思う」

「俺はもう会いたくない」

「疑うことが俺の仕事だ」

「我々警察官もそうだ」

「疑うことは重要だが、同じくらい信じることも重要かもしれない」

諸橋はどうこたえていいかわからず、黙っていた。

カクが背を向けて歩きだした。


捜査本部は賑(にぎ)やかだった。

北詰から、チョウが落ちたという知らせが届いたのだ。

幹部席の板橋課長が、諸橋と城島の姿を見ると、大声で呼んだ。諸橋は板橋課長のもとに向かった。

「諸橋係長の考えがうまくいったな」

その場に笹本がいたので、諸橋は彼を気にしながらこたえた。

「どんな手を使ったかは、上層部には言わないほうがいいと思います」

「俺は何も言う気はない」

「そこにいる面倒なやつが言うかもしれません」

すると笹本が言った。

「私はあなたが何をやったか知らない。捜査本部が被疑者から自白を取ったのだから、何も問題はないだろう」

板橋課長が言った。

「いずれにしろ、諸橋係長のお手柄だよ」

「俺は何もしていません」

「謙虚なところがまたいい。なあ、本部に来る気はないのか？　捜査一課か暴対課か……。警部なんだから、本来なら本部の係長だろう」

「俺に、人事についてあれこれ言う権限はありません」

「そりゃ、俺にもないけどさ……。監察官なら何とかできるんじゃないのか？」

笹本が言った。

「人事は警務課の仕事です。それに……」

「それに、何だ？」

「諸橋係長は、所轄の仕事が合っているようです」

板橋課長は肩をすくめた。

そこに、北詰と岩城が戻ってきた。彼らも、諸橋たち同様に、「おう」という抑え気味の歓声で迎えられた。

北詰が板橋課長に報告した。

「調書にチョウの指印をもらいました」

「ご苦労だったな。チョウはどうした？」

「外事二課の連中に引き継ぎました。彼らの尋問は時間がかかりそうです」

「約束だからしょうがない。だがまあ、これで外事二課に恩が売れるな」

「恩義を感じるようなやつらですかね」

「貸しは貸しだよ」

「はあ……」

「それより、諸橋係長に何か言うことがあるんじゃないのか？」

北詰は諸橋を見ると、決まり悪そうに眼をそらした。それから、ぶっきらぼうな口調で言った。

「あまり無茶はやらんでくれ」

カクのことを言っているのだろう。彼を警察署に招き入れ、取調室に連れていったことは、たしかに無茶だ。

無茶を承知でやらなければならないと思った。だが、何を言っても言い訳になりそうなので、諸橋は黙っていた。

すると、板橋課長が舌打ちをした。

「そういうことじゃないだろう」

「わかってますよ」

北詰はそうこたえると、改めて諸橋を見た。

「今回は世話になった」

諸橋はただ「ああ」と言った。

「いろいろ失礼なことを言って済まなかったと思っている」

すると、城島が言った。

「本当に失礼だったよ。反省してもらいたいね」

「反省してるさ」

「うちの係長は根に持つタイプだからね。きっとあんたとは二度と仕事をしたがらないよ」

北詰は渋い顔になった。

「勘弁してくれ」

諸橋は言った。

「城島は冗談を言ってるんだ」

「そうなのか？」

「被疑者が自白したんだ。結果オーライだろう」

北詰がうなずいた。

城島がまた言った。

「根に持つタイプだってのは、本当のことだからね」


捜査二課に呼ばれたのは、その翌日の水曜日のことだった。

午前九時に来いということだったので、城島と二人で出かけた。

課長室を訪ねると、永田課長が机の向こうでほほえんでいた。

「殺人の捜査本部のほうも片づいたそうね」

課長席の前で城島と並んで立っている諸橋はこたえた。

「はい。終わりました」

「諸橋係長が奥の手を使ったと聞いたけど……」

「誰からお聞きになったのでしょう」

「それは言えないわ」

板橋課長が話したとは思えない。だが、こうした噂は広まりやすい。

「伊知田は今、検察官が捜査をしていて、もうじき起訴が決まるでしょう」

「それは何よりです」

「取り込み詐欺が、警察官殺害に発展するとは思わなかったわ」

「平賀が亡くなったのは、残念なことです」

「そうね」

「一人で何もかも抱え込むのは危険だと思います」

永田課長はうなずいた。

「今回、みなとみらい署に声をかけて、本当によかったと思っている」

「恐れ入ります」

「また何かあったらよろしくね」

「はい」

諸橋はこたえた。「マルBのことでしたら、いつでも……」


エレベーターのドアが開くと、中に外事二課の保科と佐野が乗っていた。諸橋が乗ろうかどうか迷っていると、彼らは降りてきた。

捜査二課は十一階にあり、外事二課は十五階にある。彼らは下に向かう途中に、十一階で降りたわけだ。

四人はエレベーターホールで立ち話を始めた。

「それで……?」

保科が言った。「カクはどうなったんだ?」

諸橋はこたえた。

「知らない」

「せっかく関係ができたんだ。大切にしないと……」

「事案は片づいた。もうあいつと関わる必要はない」

「我々にはその必要があるんだけどなあ……」

「チョウから話を聞いたんだろう? あんまり欲張るもんじゃない」

保科が笑みを浮かべる。

「俺は生まれつき欲張りなんだよ。チョウは大物だが、所詮(しょせん)はマフィアだ。公安部のカクとはそれこそ格が違う」

「カクに身柄を預けると言ったら、チョウは別人のように怯えはじめた」

「それが中国という国だよ。チョウは、若い頃からひどい目にあってきたらしいからな」

「外事二課はやつを利用するんだろう?」

「詳しく知りたいか?」

諸橋はかぶりを振った。

「興味ない」

「カクとは連絡を取れるのか?」

「こっちからは取れない」

「こっちからはということは、向こうからは連絡してくるということだな？」

「悪いが、それをあんたたちに教える義理はないと思う」

「協力し合うのは大切なことだ。そうだろう」

「ああ。だが、その前に自分の仕事をちゃんとすることも大切だ」

保科は薄笑いを浮かべる。

「カクのことは自分たちで調べろということだな」

「そして、カクに好き勝手をさせるな」

城島が下りボタンを押していたので、エレベーターがやってきた。諸橋は城島とともにそれに乗り込んだ。

ドアが閉まる直前、保科が言った。

「仕事はちゃんとするよ」

諸橋と城島は、みなとみらい署に戻ってきた。

午前十時になろうとしている。暴対係にやってくると、部下が全員顔をそろえていた。浜崎、倉持、日下部（くさかべ）、八雲。

諸橋が係長席に腰を下ろすと、城島はその脇にあるソファに座った。

大きく息をついて四人の部下たちの顔を眺めていると、ようやく気分が落ち着いてきた。

諸橋は城島に言った。

「終わったんだな」

城島がこたえた。

「ああ、終わったな」


その夜は、係全員で中華街に繰り出すことにした。言い出したのは城島だ。彼は陳さんの店に予約をした。

いつもの席にやってくると、諸橋は城島に言った。

「だいじょうぶか？」

「何が？」

「前回来たときは、あまり歓迎されていなかった」

「安心して来られるようになったら来るという約束だった。そうなったから来たんだ。問題ないよ」

「いや、問題は陳さんがどう思っているかだ」

「係長は本当に心配性だね。陳さんの顔を見ればわかるよ」

その陳文栄が席にやってきた。

満面の笑みだ。

「いらっしゃい。心からお待ち申し上げていました」

諸橋は言った。

「もう迷惑をかけるような質問をすることはないと思う」

「わかっています。諸橋さんと城島さんは、面倒なことを一つ片づけてくれました」

「華人の役に立てたということだな?」

「もちろんです。ですから今日は、私がごちそうします」

「それはいけない」

「いえ、ぜひそうさせていただきます」

そこに、係員たちがやってきた。

「ではさっそく、飲み物をうかがって、料理を運ばせましょう」

陳文栄はそう言うと、その場を去っていった。

「どうやらこれからもここで食事ができそうだ」

諸橋が言うと、城島がこたえた。

「だから言っただろう。だいじょうぶだって。さあ、ビールで乾杯だ」


うまい料理をたっぷり食べ、ビールと紹興酒でいい気分になった。店の前で解散して、諸橋は城島と中華街大通りをのんびり歩いていた。

行く手に善隣門が見えている。

そこにひっそりと立つ人影に気づいて、諸橋は立ち止まった。

城島が尋ねた。

「どうした?」

諸橋は城島のほうを見て、再び善隣門のほうに眼を戻した。人影は消えていた。

「門のところにカクがいた」

「何だって……」

城島がそちらを見る。「カクなんていないじゃないか」

「たしかにいた。こちらを見ていた」

「係長、PTSDじゃないの?」

諸橋は肩の力を抜いて言った。

「そうかもな」

そして歩きだした。城島も歩きだす。

善隣門のところまでやってきて、諸橋は言った。

「やつの姿を見ても、嫌な気がしなかった」

「そりゃそうだろうさ」

「なぜだ?」

「俺たちは戦友なんだぜ」

「そうか……。不思議な話だが、俺はまたカクに会いたいと思っていたようだ」

「不思議でも何でもないさ」

善隣門を出ると、横浜スタジアムが見えた。諸橋は言った。

「もう一杯だけ、付き合わないか？」

「断るわけがないだろう」

二人は馴染(なじ)みのバーに向かった。諸橋はアイリッシュウイスキーを一杯だけ飲もうと決めていた。

【初出】　読楽　２０２２年３月号〜２０２３年２月号

今野 敏（こんの・びん）

1955年北海道生まれ。上智大学在学中の78年「怪物が街にやってくる」で第４回問題小説新人賞を受賞。東芝 EMI 勤務を経て専業作家となる。2006年『隠蔽捜査』で第27回吉川英治文学新人賞受賞。08年『果断　隠蔽捜査２』で第21回山本周五郎賞ならびに第61回日本推理作家協会賞長編及び連作短編集部門をダブル受賞。17年「隠蔽捜査」シリーズで第２回吉川英治文庫賞受賞。著書多数。

トランパー　横浜みなとみらい署暴対係

2023年５月31日　初刷

著者　今野 敏

発行者　小宮英行
発行所　株式会社徳間書店
〒141-8202　東京都品川区上大崎3-1-1　目黒セントラルスクエア
電話　03-5403-4349(編集)　049-293-5521(販売)
振替　00140-0-44392
本文印刷　本郷印刷株式会社
カバー印刷　真生印刷株式会社
製本　ナショナル製本協同組合

Printed in Japan

ISBN978-4-19-865637-9